河出文庫

井伊直虎と戦国の女城主たち

楠戸義昭

河出書房新社

まえがき

不思議に思うかもしれないが、戦国時代は女性が輝いていた時代であった。だから多くの女城主たちが生まれたといえる。

この時代に日本を訪れた西洋人は、男は顔にできた刀傷を醜いと思わず誇りにさえしていて、残忍であるのに対して、女は色白で目鼻立ちがよく、美しくしとやかで、情け深く、礼儀ただしいと褒めている。日本の女性は個人財産を持っており、時に夫にも貸し付けている。しかも妻の方から離婚を言い出すことも許され、「性」においても自由でおおらかであった。そんな驚きの証言をスペイン商人のアビラ・ヒロンやポルトガルからきた宣教師ルイス・フロイスは残している(『大航海時代叢書』岩波書店刊より)。

彼女たちは男に伍して、主体的に、また積極的に人生を生きていた。男と女は対等であることが多かった。武家にあっては、女は裁縫や料理、男は武術の鍛錬にいそしみ、男と女では子供の時から習うものが違っていたと思いがちである。しかし男は戦場に出て野山に伏す日が長引くことが多く、破れた衣装は自分で繕わねばならず、裁縫もこなさねばならなかった。また伊達政宗がいうように男も料理ができることが大切であり、雨が続く帷幕で武田信玄は女性が読む書物とされる『伊勢物語』を愛読していた。これに対して武家に生まれた女は子供の時から、剣に馴染み、長刀を手にし、弓を引いて武術の訓練を積んだ。鉄砲を撃つこともし、また馬にも乗った。兵法の勉強をする少女もいた。

女はさすがに遠征し戦場で戦うことはしなかったが、籠城などの非常時に備えて、男さながらに実戦に対応できる武技を磨いていたのである。それだから戦国の女は度胸があり、臨機応変な対応力があった。

堂々とした女城主たち。

平成二十九年（二〇一七）のNHK大河ドラマは女城主を主人公にした、柴咲コウさん主演の『おんな城主直虎』である。

直虎は興味深い女性である。女として生きることを許されなかった。未婚の身で出家するが、尼僧ではなく「次郎法師」という僧侶としての名をもらった。還俗してからは猛将をイメージさせる「直虎」を名乗った。彼女はなぜ男として生きなければならなかったか。そこには戦国井伊家が置かれた過酷な状況があった。

井伊家は郡の規模に匹敵する約二万五千石を領する国人領主であった。しかし戦国時代に成り上がった武士ではなく、平安時代から続く遠江の名族だった。それが南北朝時代に南朝について以降、敵対した足利幕府のもと、守護である今川氏との戦いに幾度も敗れ、今川氏の被官となって散々に苦しめられたのである。その圧迫が頂点に達したのが、直虎の時代だった。曾祖父直平は毒殺、祖父直宗と父直盛は戦死、元許婚だった直親は謀殺された。それだけではない、近しい男たちは次々に陰謀や戦いで死に、男は誰もいなくなってしまう。そんな中で直虎が男を装って井伊家を必死に守ったのである。

敵対した引馬城の女城主・お田鶴の方が、武田信玄に味方して滅びたのとは対象的に、直虎は徳川家康に与し、井伊家唯一の跡取りの直政を家康のもとに出仕させ、滅亡寸前の井伊家を復活させた。しかも直政は徳川氏四天王となって、家康家臣の中軸を担い、井伊家は彦根藩三十五万石の譜代最大の石高を誇り、徳川幕府で最も権威ある大老職を最も多く輩出する名門となるのだ。

それは直虎の努力があったからで、彼女なくして井伊彦根藩は存在しなかったのである。しかし直虎を知ることのできる史料は極めて少なく、実像を正確にとらえることは困難だが、その周辺の人々の悲劇の連鎖の中で、直虎の真摯な生き様が浮かび上がってくる。

この著書はその井伊直虎を中心にして、主だった十四人の戦国の女城主たちを取り上げたものである。

独身で出家し、還俗した直虎と似た軌跡をたどった女城主に洞松院尼がいる。室町幕府の管領・細川勝元の娘である彼女は、政略の道具として赤松政則に嫁いだ。彼女は夫の死後、赤松氏を差配して、敵方にも乗り込む度胸は男もかなわず、将軍も一目置く戦国大名に赤松家を押し上げた。

戦国時代、敵と斬り結び、また鉄砲、弓で敵を恐れさせた城主夫人、家臣の妻や娘たちはたくさんいる。そんな中で夫を失って後家となった後、家中をまとめ、領国を統治した、才長けた女は、洞松院尼もそうだが今川氏の寿桂尼、遠野の清心尼、須賀川城の大乗院など少なくない。

さらに敵を恐れず、戦略を自ら練って将兵を指揮し、北条氏に立ち向かった金山城の妙印尼、また押し寄せた島津軍を翻弄し智略をもって撃滅した鶴崎城の妙麟尼など、熟年パワーが炸裂したのも戦国時代であった。

落城の悲劇の中でも、先だった夫の後始末を武人の妻としてしっかりと果たし、最期は城に火をかけて自刃した明智光秀の妻など、戦乱の世であるがゆえに、その人生が鮮烈に浮かび上がった女城主たちも数多い。そんな印象的な戦国の女城主の生きざまをお届けしたい。

なお、最後にこの本の執筆をおすすめ頂いた河出書房新社編集部の西口徹さんに感謝し、当著刊行の喜びといたします。

楠戸義昭

井伊直虎と戦国の女城主たち ◉ 目次

第3章　戦いを指揮し、敵を圧倒した女城主たち

第4章 領国を差配し慕われた女城主たち

第5章　落城の悲劇……前向きに生きた女城主たち

井伊直虎と戦国の女城主たち

第1章　井伊直虎、崖っぷちの戦国井伊家を救う

1　次郎直虎（井伊谷城・静岡県浜松市）

男を装って生きた井伊家の救世主

◉女直虎がいたからこそ大藩になれた井伊家

「次郎法師《じろうほうし》は女にこそあれ」

何とも不可解な『井伊家伝記』の記述である。法師とは僧侶のこと。いうまでもなく男である。ところがそれが女であるというのだ。さらに文書に署名した名前が「直虎」で、男しか使わない花押《かおう》（模様化した判がわりのサイン）まで押されている。

この世に男として生きた女がいたのである。彼女の女としての名前は不明で、男名のみが伝わる。

その正式な名は「井伊次郎直虎《いいじろうなおとら》」――。

幕末に大老直弼《なおすけ》を生んだ譜代の筆頭・彦根藩三十五万石の井伊家に、彼女は戦国時代に登場した女城主である。

井伊家といえば、徳川四天王の一人として活躍した直政が彦根藩初代で、この時から井伊家がはじまったと錯覚している人が少なくない。しかし井伊家は遠江《とおとうみ》の名族として、平安時代から連綿と続く家柄であった。

国人領主としてのその歴史は、実に苦難に満ちたもので、何度も滅亡の淵に立たされたが、これを凌いで生き残ってきた。この井伊家に最大の危機が訪れたのは戦国時代で、井伊家を継ぐべき成人男子は、戦乱と陰謀の中で、ことごとく討ち死に、謀殺、毒殺されて、誰もいなくなってしまった。その井伊家を完全消滅させようとする計略に立ち向かったのが、男を装って生きた直虎だった。

◉今川氏にいじめられ続けた歴史がここに……

井伊家の故郷は現在の静岡県浜松市北区引佐《いなさ》町井伊谷《いいのや》である。遠淡海《とおつあわうみ》と呼ばれる浜名湖の奥、三方を山々に囲まれて、そこは川水、湧水も清らかなことから「井の国」と称され、水の祭祀にかかわる古代遺跡もある。

井伊家の始祖伝説も水とのつながりで語られる。渭伊《いい》八幡宮の神主が寛弘《かんこう》七年（一〇一〇）の元旦、聖水が湧く御手洗《みたらし》の井の中に、いま生まれたばかりとおぼしき男の子が浮かぶようにいるのを見つけた。その容貌は美麗で瞳はぱっちりしていた。神主は、不思議なこともあるものだと思い、抱きかかえて家に帰り、わが子のように養育

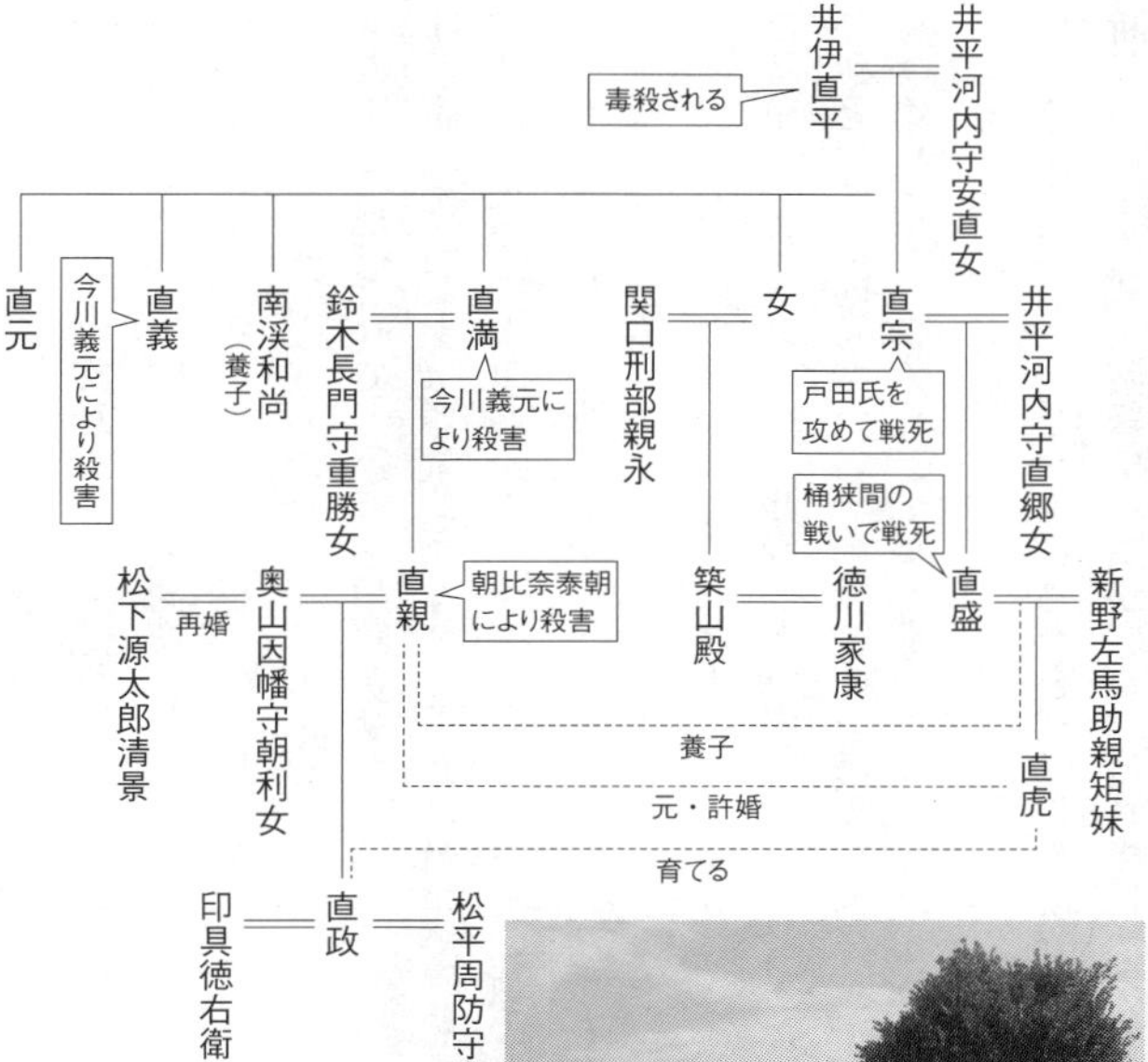

井伊家系図

井伊家の始祖・共保出生の井戸。右の木は橘

した。

男の子が七歳になった時、公家の藤原共資《ともすけ》が穀物の出来具合、また政情や民情を見て回る巡検使《じゅんけんし》として遠江に下向し、浜名湖を見下ろす志津《しづ》城（浜松市西区村櫛町・舘山寺《かんざんじ》温泉の南）に住んだ。そして少年の出生の不思議を聞き、かつ聡明なことを耳にする。共資には息女しかいなかったため、この子をもらって養い、成長を待って共保《ともやす》と名付け、一人娘と結婚させて、家督を相続させた。

『寛政重修諸家譜《かんせいちょうしゅうしょかふ》』に「共保は器量にすぐれ、勇武は絶倫で、郷人はことごとく従った」とある。共保はやがて志津城から井伊谷に戻り、生誕の地の御手洗の井を取り込んで館を築いて住んだ。家名を藤原から、水と縁の深い「井」一字の姓に変えた。この共保から井伊家ははじまる。

井伊家は当初、平安末期の書物に井八郎《いのはちろう》と出てくるように、「い（井）」の一音だったが、これでは発音しづらいため、井伊と書いて「いい」と二音にした。ただし昔から文献では井伊と伊井が同じ「いい」の発音のために混同されて使われてきた。

この井伊家の歴史を顧みる時、それは守護大名の今川氏にいじめられ続けた歴史といえる。

発端は南北朝時代の到来だった。鎌倉幕府を滅ぼした後醍醐天皇は、天皇中心の建武の新政を断行したが、武士階級に不満が広がり足利尊氏が反旗を翻した。後醍醐天皇は負けて吉野山に逃れて南朝を開き、これに対抗して尊氏は京都で新たな天皇を擁立して北朝を樹立し、自ら足利幕府を開設した。

井伊家は南朝に味方して、後醍醐天皇の皇子・宗良《むねよし》親王を井伊谷に迎え、遠江一円支配の南朝の拠点とした。これに対抗して、尊氏は足利一族の今川範国《のりくに》を遠江守護として送り込んだ。

井伊家は標高四六七メートルの三岳城を大改修するとともに、支城を整備して戦闘態勢を整えた。ここに北朝暦建武四＝南朝暦延元二年（一三三七）七月に井伊谷の前庭ともいえる三方原で、井伊軍と今川軍が衝突したのを皮切りに戦闘は激化する。三方原の戦いといえば武田信玄と徳川家康の戦いが有名だが、それより二三五年前にここ三方原から井伊家と今川氏との延々と続く戦いは、はじまったのだ。そして尊氏は遠江から南朝方を放逐するため、高師泰《もろやす》（師直の弟）、師兼《もろかね》（師泰の従弟《いとこ》）、仁木義長《にっきよしなが》らを投入し、三岳城などの諸城を攻め、井伊方の支城を次々に陥落させた。

そして本城の三岳城の攻防が激しさを増した延元四年（一三三九）八月十六日、後醍醐天皇は打ち続く南朝の敗北に悲嘆し、五十二歳で崩御した。この悲報を力に変えて、井伊家は必死に城を持ち堪えたが、翌年一月三十日ついに三岳城は陥落する。井伊家当主の道政は宗良親王を擁して東五キロにあった支城の大平《おいだいら》城に脱出し、最後の抵抗を試み、七カ月間踏ん張った。だが八月二十四日夜ついに陥落し、井伊家は宗良親王を逃がして足利軍に降伏したのだった。

ここに井伊家は北朝の支配下に入り、国人領主だった井伊家はやがて駿河・遠江二国の守護大名となった今川氏の被官にされ、今川のために働かされることになる。そして九州において、本来は味方である南朝方攻撃の尖兵となって、多くの戦死者を出し、経済的な負担をも押し付けられた。

やがて応仁文明の大乱となる。東軍に味方した今川氏支配から脱却しようと、西軍の斯波《しば》氏に味方したが、またも敗れて今川氏からさらなる圧迫をうけた。

戦国期、井伊宗家の家督は直平《なおひら》―直宗《なおむね》―直盛《なおもり》―直親《なおちか》とつづき、女直虎に至る。この間、今川氏に翻弄されて、井伊家はズタズタにされてしまうのだ。

足利幕府内の相克もあって、遠江守護は斯波氏になるが、今川氏親《うじちか》はこれを武力で奪おうと遠江に攻め込んだ。西遠江では斯波氏と井伊氏、それに引馬《ひきうま》城（浜松城の前身）の大河内貞綱の三者連合が結成され、永正七年（一五一〇）末からしばしば戦闘が奥浜名湖一帯で繰り返された。この一連の戦いを「永正の乱」と呼ぶ。

当時の井伊家の当主は直虎の曾祖父の直平であった。戦いは長期にわたり一進一退を繰り返し、これを一気に打開しようとした今川氏親は、掛川城にあった勇将の朝比《あさひ》奈《な》泰以《やすもち》に出撃を命じた。泰以は永正十年（一五一三）三月、三岳城を猛撃してこれを落とした。ここに一時、今川の支配から逃れていた井伊家は、再び今川の麾下に組み込まれ、しかも三岳城を占領された。ちなみにこの四年後の引馬城の戦いで大河内貞綱は戦死し、斯波義達は捕らえられたが、命だけは救われ、剃髪出家した。遠江は完全に今川のものになり、井伊家は国人領主の地位をなんとか保ったが、今川から監視のために家老などが送り込まれた。

しかも今川氏に三岳城を返還する意思はなく、井伊家は不自由を迫られ、当主直平は井伊谷城を出て、井伊家の分家である妻の実家・井平氏を頼り、その領内の川名などで過ごすことが多かった。

◉誕生年も幼名も、誕生地もはっきりしない直虎

そんな戦時下ともいえる今川氏の占領状態が二十数年も続く中で、直虎は井伊氏第二十二代直盛《なおもり》を父として、新野《にいの》左《さ》馬助《まのすけ》親矩《ちかのり》の妹を母として生まれた。しかし直虎の生誕年も幼名も分からない。生まれた場所は一応、井伊谷城の麓にある居館本丸といわれているが、これとても確定されていない。

なぜなら三岳城は占領されたままであり、井伊家が井伊谷城に住むことを許されていたかどうかも不明だからである。

そして直虎の母の兄・新野左馬助は今川一族であり、三岳城占領とともに送り込まれた今川の監視人であったとみられ、その妹と直盛の結婚は政略結婚といえた。しか

し左馬助は井伊家に同化して、自ら井伊一族の奥山親朝《ちかとも》の娘を妻にし、今川との防波堤になり、井伊家の助っ人となった。

それだけに直親と左馬助の妹との夫婦関係はいたって良く、直虎には幸せな家庭となった。しかしこの夫婦の悩みは、神仏に願って後継ぎの誕生をいくら熱望しても、子供は女の子一人、この直虎しか生まれなかったことだった。

ところで直虎の誕生年だが、手掛かりになるのは許婚《いいなずけ》になった一族の井伊直親《なおちか》（亀之丞）が天文五年（一五三六）の生まれということである。彼女も当然そのあたりに生まれた。同い年かもしれないし、年下のことも考えられるが、後の直虎の出家時のことなどを勘案すると少し年上だった可能性の方が高く、二つ年上の天文三年（一五三四）頃の生まれとするのが妥当と思われる。そこでこの著では今後はこの年を直虎の誕生年と仮定して、彼女の年齢を記すことを断っておきたい。

そしてまさに井伊家は今川の圧迫を受けて厳しい状況にあったが、直虎が誕生した直後から、今川氏との関係に改善のきざしが見えはじめていた。それは今川氏内部の家督戦争を勝ち抜いて義元が九代当主となり、義元を育てた禅僧・太原崇孚《たいげんすうふ》（雪斎）が軍事外交など全般を取り仕切ったことによる。崇孚は長年、敵対関係にあった甲斐の武田氏と和睦し、武田信虎の娘（信玄の姉）を義元の正室に迎えた。さらに遠江を安定させて、三河をわがものにする戦略に出た。

そのためには不自然な状況にある井伊家を、遠江の国人領主としてきちんとした形で処遇し、今川氏の戦力にしっかり取り込む必要があったからだ。そこで天文七、八年の頃、三岳城は返還され、駐留していた兵も井伊谷から引き揚げた。しかし今川はその見返りに人質を要求した。そこで直平の娘が駿府に送られることになるのである。

『寛政重修諸家譜』によれば、直平には息子五人と娘一人がいた。嫡子直宗《なおむね》、長女(名は不明)、二男直満《なおみつ》、三男南渓《なんけい》、四男直義《なおよし》、五男直元《なおもと》である。この娘について「今川義元が養妹となり、関口刑部少輔《ぎょうぶのしょうゆう》親永《ちかなが》に嫁す」と書かれている。この女が今川の人質になった直平の娘である。

直虎が住んだ井伊谷居館の本丸跡。後ろの山は井伊谷城址、右の木立は井殿の塚。

しかし歴史というものは実に不思議で、思わぬ奇跡をもたらす。この人質になった直平の娘は、義元の手がついたあと、有力家臣の関口親永に下げ渡されて夫婦となり、生まれたのが瀬名《せな》姫である。瀬名姫はやがて今川家に人質となっていた徳川家康と義元の命令で結婚させられ、築山御前と呼ばれた。この思わぬ縁が、家康のもとで井伊家躍進の鍵となるが、そのことは後ほど記すことにする。

井伊家は再び今川氏の被官となって、軍役を担うことになった。

◉直虎が婚約した亀之丞に、命の危険が迫り伊那谷に逃げる

悲劇は直虎が九歳の時にやって来た。直平の嫡子で直虎の祖父である直宗は、渥美《あつみ》半島にあって三河湾を支配する戸田氏の田原城（愛知県田原市）攻めに駆り出され、天文十一年（一五四二）一月二十九日、伏兵として潜んでいた野武士に襲われて、数多くの家臣とともに戦死したのだった。

直宗の討ち死にによって、井伊氏の家督は直虎の父直盛に引き継がれる。息子のいない直盛はすぐに後継者をどうするかで頭を痛めた。一族が集まって相談し、直虎に婿をとって、その者を後継者にすることで意見が一致した。

そこで選ばれたのが直満の息子亀之丞《かめのじょう》（のちの直親《なおちか》）であった。直盛にとって直満は父直宗の弟にあたる。その子亀之丞はすでに述べたように、直虎と年齢が近く、婿として申し分なく、天文十三年（一五四四）に婚約した。直虎十一歳、亀之丞は九歳であった。

当時、直虎が暮らす本丸居館の北、直ぐのところに直満の屋敷があり、直虎と亀之丞はおそらく一緒に遊んだこともあったであろう、幼馴染みだった。

直虎は子供の頃、亀之丞のお嫁さんになりたいと、漠然と思ったこともあったかも

しれない。婚約が決まって、気心の知れた夫婦になれると喜んだに違いない。亀之丞とつむぐ家庭を夢見て、直虎の胸は大いに膨らむ。

しかし邪魔が入る。家老の小野和泉守政直《まさなお》（道高《みちたか》とも）は直満と犬猿の仲だった。その息子が当主の娘と結婚して養子になり、将来井伊家を継ぐことが許せなかった。結婚を破談にし、しかも直満を排除する策謀を企んだ。

『寛政重修諸家譜』は「姪《をい》直盛いまだ年若しといへど、すゑずゑ子なきにをいては、直満が男直親を嗣《し》とせむことを契約せしところ、直盛が家臣小野和泉某もとより直満と不和なりしかば、これをきらひて今川義元に譏《ざん》し、直満直義兄弟逆意ありと訴ふ。義元これを信じ、天文十三年（一五四四）十二月兄弟を駿府にめして糺問《きゆうもん》す。直満申《もう》解《しとく》といへども、和泉さまざまに譏言をかまへ、二十三日つゐに殺害せらる」といい、さらに直義のところにも、これを受けて「兄直満とゝもに害せらる」と記される。

この小野和泉守とは何者なのだろうか。和泉守は今川氏が井伊家を監視するために、家老として送り込んだ奸物《かんぶつ》だった。彼には六人の息子がいたようで、嫡男・政次を直虎と結婚させて婿養子にして井伊家を乗っ取り、自らが実権を握って西遠江で権勢を誇ろうともくろんでいたのだ。だが直満の息子が直虎の婿養子になれば、その野望は消えてしまう。そこで今川氏との太いパイプを使って、直満・亀之丞父子の追い落としを謀ったのである。

当時、甲斐の武田信玄に属する武士が、遠江の東北境の井伊領にしばしば侵入してきたため、直平の命令で直満・直義兄弟はこれを追っ払おうと兵や武器の準備をしていた。これを今川を討つために兵や武器を集めていると、和泉守が嘘をでっち上げ、駿府に密かに出向いて讒訴したのである。

直満・直義兄弟はいわれない嫌疑を晴らそうと、駿府の今川館に弁明に向かったが、今川義元は和泉守の言葉を信じて、二人を問答無用と殺害したのだった。

そして和泉守の進言によって、義元は直満の一人息子で、直虎の許婚である亀之丞の殺害まで命じたと『井伊家伝記』はいう。

いち早く危険を察知した直満の家老・今村藤七郎は叺《かます》（ワラで作った穀物などを入れる袋）に亀之丞をいれると、これを背負って屋敷を抜け出し、五キロほど離れた井伊谷の山中、黒田郷に身を潜めた。だがすぐに和泉守の知るところとなった。

そこで、村人に頼んで、にわかに亀之丞は病死し、これを悲しんで藤七郎も自刃したと言いふらさせ、夜中にさらに約五キロ北に行った渋川の東光院へ落ち延びた。そして藤七郎は密かに龍潭寺に南渓瑞聞《ずいもん》和尚を訪ね、亀之丞の逃亡先を相談した。

南渓和尚とは直平の三男で、殺害された直満のすぐ下の弟とされるが、実は養子だった。おそらく直平が優れた資質を買って菩提寺の龍潭寺の住職にするためにわが子にしたものと思われる。

龍潭寺の庭。小堀遠州が作庭し、国の名勝に指定される。

この南渓和尚が信濃国市田郷《いちだ》の松源寺《しょうげんじ》（長野県下伊那郡高森町）に渡りを付けてくれた。この寺はかつて直平が自浄院（龍潭寺の前身）に院主として招いた文叔瑞郁《ぶんしゅくずいいく》が開いた寺であった。その弟子の黙宗瑞淵《もくしゅうずいえん》は龍潭寺の初代住職で、南渓和尚はこの黙宗のもとで修業し、龍潭寺の第二代住職になっていた。

南渓和尚が松源寺を選んだのは、文叔は伊那の国人領主だった松岡城主・松岡《まつおか》右衛《え》門大《もんだ》夫貞正《ゆうさだまさ》の実弟で、文叔はすでに他界していたが、この松岡氏の手厚い保護を受けられるとみたからである。

年が明けた天文十四年（一五四五）正月三日、亀之丞は馬に乗り、藤七郎が手綱を取って伊那谷に出発した。東光院住職の能仲《のうちゅう》が道案内を買って出た。途中、井伊一族である渋川井伊氏の氏神である寺野八幡社（現・六所神社）に立ち寄り、旅の安全と井伊家の安泰を祈願した。

幹道の秋葉街道は小野和泉守の刺客に襲われる危険があった。能仲は樵《きこり》を頼んで、樵道、獣道を歩む。谷は深く、連なる山々の中腹を縫う道は険しかった。

進むと胸突き八丁の急坂があり、シイノと呼ばれる平場に出る。その平場から登ってくる馬上に向かって弓が放たれた。矢はそれて馬の鞍に突き刺さった。亀之丞は命拾いをし、藤七郎が犯人を追いかけたが見失った。

弓を射ったのは大平右近次郎《おいだいらおこのじろう》という地元の士《さむらい》で、今川から頼まれて亀之丞をねらったものだった。おそらく小野和泉守が命じたのであろう。ちなみに亀之丞は十年後に帰還するが、渋川に滞在して右近次郎を探し出して処刑している。

亀之丞の一行は警戒心を強めて、佐久間を経由して国境の青崩峠から信濃に入り、無事に松源寺にただり着いたのである。

◉消えた許婚の無事を仏に願う直虎だったが……

突然目の前から「さよなら」もいわず消えた許婚の亀之丞に直虎は戸惑い、その不運を嘆き悲しんだ。小野和泉守とその背後にいる今川氏の謀略に激しい怒りが込み上げてきた。

亀之丞が安全に逃れることができたどうか分からぬまま、直虎は必死に仏に向かって手を合わせて無事を祈り続けた。彼の行方は南渓和尚だけが知っており、父直盛にも南渓から伝えられる情報は極めて少なかった。何しろ小野和泉守の一派に亀之丞の潜伏先を悟られれば、刺客を送られる恐れがあった。そのため亀之丞の潜伏方は井伊家内でも極秘にされた。だから直虎は伊那谷に消えた亀之丞のことをほとんど知りえなかったのである。

ところで戦国時代の婚約は、現在と違って結婚したと同様の重みがあった。婚約したことは相手と一緒になっていなくても、すでに同等の道徳が求められた。だから婚約中に相手が戦死などした場合、操を守って仏門に入り、生涯未婚で過ごす女も少なくなかった。

直虎は「私は亀之丞さまの妻」と自覚し、彼を一心に想い続けた。だが亀之丞からの音信はなく、父もまた亀之丞の消息を知り得なかった。南渓は使いを一年に何回か送って生活費を渡し、その生活の様子を聞きもしていたが、多くを直盛や直虎に語ることはなかった。

◉亀之丞は文武に励み、また現地妻をもち子供もできる

亀之丞の松源寺での日々がはじまる。家臣の藤七郎と寝起きをともにするが、剃髪して僧となり修行したわけではなかった。

松源寺は現在、松岡城跡の堀切がきれいに残る西惣構の中に建っている。城は中世の伊那谷を代表する平城で、天龍川が造りだした河岸段丘上に築城された。城は電車が連結してつながっている形をした連郭式で、本丸は段丘の突端にあり、松源寺は逆

の入口近くに位置する。しかし当時、寺はここではなく北西に約二キロ山側によった、中央自動車道を越えた牛牧寺山《うしまきてらやま》いう場所にあった。

亀之丞は松源寺の庇護を受けたのはもちろんだが、実際のところは同じ国人領主で、井伊家に同情した松岡氏が、亀之丞の面倒を見たといった方が正しいであろう。文叔の兄の松岡貞正（一四八〇～一五三〇）から三代さがった、当主の右衛門大夫貞利《さだとし》（一五二五～五五）が親身になって亀之丞を保護したのだった。

松岡氏家中の少年たちと一緒に亀之丞は松源寺の住職から学問を習い、松岡城にも頻繁に出入りして、武術・馬術の訓練を怠ることがなかった。

亀之丞は松岡氏家中の連中と親しく付き合い、打ち解けて笑顔も絶やさなかったが、夜になると寂しさが突き上げてきて、故郷が恋しくなった。もうこの世の人でない父の無念さに唇をかみしめる。夫だけでなく息子とも引き裂かれた母を想うとやるせなくなる。許婚はどうしているか、孤独にさいなまれて、月を見上げて取り出すのは、黒漆で仕上げた青葉の笛であった。

　きっと彼女も月明かりの中で笛を吹いて、自分を懐かしんでいるに違いないと信じた。

　笛の物悲しい音色は一層望郷の想いを募らせ、自ずと涙が流れる夜もあったが、亀之丞は青葉の笛を吹かずにはおれなかった。

その青葉の笛は十年後、晴れて帰国の途についた際、渋川に立ち寄り、脱出時に前途の無事を祈願した寺野八幡社にお礼として納めた。その笛はうるう年の四月の例大祭にのみ今でも一般に公開されている。亀之丞の唯一の遺品といえる。

直虎は亀之丞を待ち続けた。だが一年待ち、二年、三年待っても、消えた許婚は現われなかった。いつしか五年が過ぎ、六年、七年と月日は流れる。もうこの世の人ではないのではないか。そんな不安がいつも心をよぎる。母もまた直虎を心配し、井伊宗家を継ぐべき、娘の夫となる人の身を案じた。

そして衝撃的な事実が耳に入ってきた。亀之丞が身の回りの世話をする女を置いたことを知る。いわゆる現地妻である。はじめ南渓和尚は自分一人の胸にそれをしまっていた。しかしその女が子供まで産んだと聞き、さすがに黙っておれず、直盛に伝えた。

直虎は奈落の底に突き落とされた気持ちになった。直盛夫妻は娘を思って顔をしかめた。すべて嘘であってほしいと直虎は願った。だがそれは紛れもない事実であった。

戦国当時の男の結婚は十五歳がメドになっていた。女は十三歳ぐらいで結婚する場合が多かった。亀之丞が地元島田村（現・長野県飯田市松尾）の代官、塩沢氏の娘を妻にしたのは、おそらく亀之丞が十五歳を過ぎて間もない頃だったと思われる。

亀之丞が現地妻を持ったということは、寺を出て、松岡城の内か、その近所に家を構えたことを意味する。亀之丞と家臣藤七郎の才覚だけではできない。おそらく当主の貞利でないまでも、松岡氏の誰かが仲介したことだけは間違いない。

『寛政重修諸家譜』を見ると、直親（亀之丞）の子供は二人になっていて、「女子」と「直政」とある。女子は直政より先にあって、「母は某。家臣川手主水良則《もんどよしのり》が妻」と書かれている。この女子こそ亀之丞が市田郷で塩沢氏の娘に生ませた子であった。

井伊家に残る記録では、直親の子供は直政以外にはこの女子一人である。しかし地元下伊那郡高森町では女子に続いて男の子が生まれたことになっており、その子孫がいまも地元にいるのだ。

直虎は許婚の亀之丞に完全に裏切られたと思った。ショックでうつろな日々を過ごした。そして彼女は決断した。自分は亀之丞と婚約した身、だから誰とも結婚しない。さらに亀之丞を許して彼と結婚することもしない。

気丈だった彼女はそう決めると、両親に出家して尼になると宣言した。

これを聞いてびっくりした父と母は思いとどまるように説得した。新たな者を婿養子に迎えて、その者に井伊宗家を継がせてもよいとまで父はいった。だが直虎は亀之丞を養子として決めている以上、それを変える必要はないといって、がんとはねつけた。両親は一人娘の意思の強さにあきれ、引き下がるしかなかった。

この時、すでに直虎は二十歳《はたち》になっていたであろう。二十歳になったということは、当時は婚期を逃した女ということになる。許婚に裏切られ、婚期を逃したみじめな女と直虎は自分を卑下したに違いない。

　ところで直虎を亀之丞より年上とみる理由は、二十歳になって婚期をすでに過ぎていたと思われることと、この時の断固とした意志にある。亀之丞より年上で、すでに女としての覚悟ができていたから、決然と出家を志したのだ。

　直虎は居館から歩いて十五分ほどの龍潭寺に大叔父の南渓和尚を訪ねる。それがいつなのか、年月日を示さずに『井伊家伝記』は以下のように記す。

「井伊信濃守直盛公息女一人之《こ》れ有り。両親御心入れには、時節を以て亀之丞を養子に成され、次郎法師（直虎のこと）と夫婦に成さるべく御約束に候所に、亀之丞信州へ落ち行き候故、御菩提の心深く思召し、南渓和尚の弟子に御成り成され、剃髪成され候。両親おなげきにて、一度は亀之丞と夫婦に成さる可《べ》くに様を替え候とて、尼の名をば付け申すまじき旨、南渓和尚へ仰せ渡され候故、次郎法師は最早出家に成り申し候上は、是非に尼の名付け申し度くと、親子の間黙止し難く、備中次郎と申す名は井伊家惣領の名、次郎法師は女にこそあれ、井伊家惣領に生まれ候間、僧侶の名を兼て次郎法師とは是非なく、南渓和尚御付け成され候名也」

『井伊家伝記』は「御菩薩の心深く思召し」と、仏への深い信仰心から出家を志したとするだけで、亀之丞の裏切りには触れられていない。しかし許婚の裏切りと結婚適齢期が過ぎることへの焦りが、信仰心と結びつき、出家を決意させたことは明白である。

直虎の剃髪に両親は嘆く。両親は亀之丞を恨めしく思いながら、なお二人が夫婦になることを願った。両親はいつか還俗してほしいと思い、南渓和尚に娘が出家しても尼としての法号をつけないように頼んだ。これに直虎は反発し、ぜひ尼の名をつけてほしいと懇願した。

娘と両親の対立を見ながら、南渓はまた井伊家の将来を考えていた。直虎は井伊宗家の血を引く唯一の人間である。その彼女を仏門の中に閉じ込め、俗世と縁を切らせることは、井伊家にとって大きな損失になると考えたのだ。

直盛夫妻が娘直虎を思う気持ちと、南渓が井伊家の未来を思う気持ちとが一致した。そこで南渓は彼女に尼名ではなく、僧名を与えることにした。

戦国の当時、尼から還俗した女も例外的にいるが、社会通念としてそれは許されなかった。しかし僧籍に身を置いた武家の男子は、今川義元・上杉謙信・龍造寺隆信などで明らかなように、還俗して武将に復帰していた。

そこで井伊家惣領《そうりよう》は代々、備中次郎を名乗ってきたことから、その男名を与え、「次郎法師」と名乗らせて、いつでも還俗できるようにして、自らの弟子にしたのだ。

直盛夫妻は南渓の方便ともいえるこの処置に満足した。「次郎法師」の名に直虎は不満だったが、惣領家の娘としてはやむを得ないこととして諦めた。

◉次郎法師は還俗を断り、亀之丞は直親を名乗って井伊家を継ぐ

そして直虎の目前から九歳で消えた亀之丞は、十年余りが経った天文二十四年（一五五五）二月、凛々しい二十歳の青年となって帰ってきた。すぐには井伊谷には入らず、渋川の東光院に滞在して様子をみることにした。この前年、亀之丞の命を狙っていた小野和泉守が病死して危険が薄らいだからだった。

亀之丞は妻を伴っていなかった。ただ幼い娘を伴ってきた。息子には自らの子であることを証明する短刀を渡し、その母とともに伊那谷に残してきたのだ。

亀之丞は逃亡生活から無事に帰れたことを、旅立ちの際に詣でた寺野八幡社に報告し、大切にしてきた青葉の笛を奉納した。そして十年前に自分を弓で射殺そうとした右近次郎を見つけ出して成敗した。

かくて三月三日、亀之丞は井伊谷の地を踏む。

直虎は亀之丞の帰還をどう受け止めたであろうか。女の子は連れていたが、妻は伴っていなかった。

父直盛は安堵した。旅先で女と交わって子供をなした。十年を超える年月を思えば、仕方のないことだと理解を示し、わが娘が思い直して還俗し、結婚してくれることを切望した。

しかし直虎は頑として還俗を拒み、いまさら亀之丞と結婚しない。自分は一生、僧として生きる覚悟だといって突き放した。頑固な直虎に両親はあきらめるより仕方がなかった。

直盛は自分の後継ぎは亀之丞しかいないとして、娘婿として家督を相続させることをあきらめ、純粋な養子として亀之丞を迎え入れ、直親《なおちか》を名乗らせ、一族の奥山因幡守朝利《ともとし》の娘と祝言をあげさせた。

ここに直親は直虎の弟となり、朝利の娘は義妹となった。自ら決断した結果とはいえ、いざそれが現実となると直虎の心は複雑であり、仏に帰依したとはいえ、二十二歳の彼女は動揺もし、憂いの中に沈みもしたであろう。

直親は井伊宗家の人となったが、出家しても本丸にいた直虎のすぐそばで、妻と一緒に住むことははばかられた。そこで祝田《ほうだ》村に新たに屋敷を構えた。井伊谷城居館の本丸から南へ二・五キロほど行ったあたりと推定されるが、その屋敷の正確な所在地は分かっていない。

◉桶狭間の戦いで、今川義元に殉じ直盛も戦死する

永禄三年（一五六〇）五月十一日、軍装も麗々しく、蹄《ひづめ》の音を響かせて、直盛が率いる井伊家の軍団は井伊谷を後にした。今川義元の命令によって、先発隊の一角を担

って尾張に赴くのだ。従来その出陣は上洛をめざすものとされてきたが、最近では尾張制圧をめざしての出陣といわれるようになった。それは尾張の織田信長の攻勢が強くなり、信長に誼《よしみ》を通じる西三河の土豪も多くなったためで、三河を完全支配するには尾張を切り従える必要があったからだ。

義元の本隊は翌十二日に出発した。総勢は公称で四万というが、実際は二万五千とされる。義元は十九日、桶狭間へと進軍した。先発隊の直盛らはその前方一キロほどにあった。今川軍は朝から織田方の砦を襲い、松平元康（徳川家康）が丸根砦を落とし、隣接した鷲津砦も朝比奈《あさひな》泰能《やすよし》が攻略した。

義元は丸根・鷲津での勝利に気をよくしているところに、近所の寺社から祝いの酒が届けられた。そこで昼食をとり、上機嫌の義元は馬廻りにも酒を勧めてくつろいだ。

突然夕立が来て雨風が強くなったが、あっという間に通り過ぎ、午後二時すでに空は晴れていた。この時、信長二千の兵が二手に分かれて今川軍を襲った。一手は直盛らがいる先発隊に攻めかかり、もう一手は完全に油断していた義元を直撃した。

義元はあっけなく首を取られた。有力武将たちも次々に討たれた。『井伊家伝記』に「近習六十余人残らず、或は戦死、或は切腹、皆々傷害也。直盛公右人数の中なり」とある。

直盛は敗軍のなかで一族の奥山孫市郎に介錯を命じて、遺体は井伊谷に持ち帰り、南渓和尚に焼香を頼むように命じて切腹した。この時に直盛が心配でならなかったのは直親のことだった。小野和泉守の策謀で伊那谷に逃げていた直親は、その和泉守の死によって帰還した。だがその子の小野但馬守道好《みちよし》（政次とも）が世襲で家老となっていた。

但馬守道好の年齢は不明だが、直虎より少し上とみられる。直虎の婿養子にしようと和泉守がもくろんだこともあった。彼女は出家したが直親と但馬守は恋敵ともいえた。しかも但馬守は井伊家の後継ぎとなった直親に敵意を抱いていた。

二人の確執を知る直盛は死に臨んで、但馬守の心構えが良くないとして、直親との衝突をおそれた。そこで一族の中野越後守直由《なおよし》を指名して後事を託し、直由のもとに井伊家が団結するように遺言した。

傷つき逃げ帰る兵士たちがもたらす敗戦の知らせに、井伊谷は悲鳴と嗚咽に包まれた。直虎もまた父の死に茫然とし、母と抱き合って泣いた。

死んだのは井伊直盛だけではない。井伊一族の者たちも家臣とともに討ち死にした。奥山家では三人、上野家では四人が戦死した。小野家も但馬守の弟である玄蕃《げんば》と源吾《げんご》の二人が死んだ。主だった十六人が直盛に殉じた。彼らは家臣、足軽、農民などを伴っていた。井伊家全体の死者は二百人ぐらいになったと思われる。

父だけではない、直虎は見知った一族や家臣の者たちの死に打ちのめされる。龍潭寺にこもって、亡くなった人々の魂の平安をただひたすら仏に祈るしか術《すべ》がなかった。

直盛の亡骸は龍潭寺に戻り、葬儀が執り行なわれた。直虎は南渓の弟子として、涙を抑え読経を唱えた。父の法号は南渓和尚によって「龍潭寺殿天運道鑑大居士《りようたんじでんてんうんどうかんだいこじ》」と号された。龍潭寺はさまざまに寺名を変えてきたが、この時から直盛の菩提寺として、龍潭寺と改名されて今日に至る。

直盛の遺体はもちろん龍潭寺に葬られた。その亡き夫に寄り添いたいと、直虎の母（新野左馬助の妹）は南渓のもとで出家をして、松岳院寿窓祐椿《しようがくいんじゆそうゆうちん》の法号をもらう。龍潭寺本堂の前に現在仁王門があるが、当時の山門はここにあった。その山門の石段を下りてすぐ右側に庵を結んで墓守となった。庵は松岳院と呼ばれ、直虎もここに入りびたり、城には帰らず、泊っていく日も少なくなかった。

当然、直虎が南渓和尚に教えを請う時間も増えた。南渓は博学で、才知に富む禅僧だった。次郎法師と命名した総領家の娘を鍛えようとした。彼女の推定年齢は二十七歳、修行や学問に早い遅いはなかった。禅の修行だけでなく、漢籍にも目を向けさせた。武道の鍛錬もさせた。当時の禅寺には武勇にすぐれた弟子も多かった。南渓の愛弟子の傑山《けつざん》（後の龍潭寺住職）は強弓《こわゆみ》を引き、昊天《こうてん》（後の彦根龍潭寺の初代住職）は長刀《なぎなた》の達人だった。直虎は先輩に刀槍《とうそう》の稽古をつけてもらい、おそらく出家した母祐椿を相手に長刀の稽古もした。また僧衣のままで馬に乗って、侍女と山野を駆けめぐることも少なくなかったであろう。

戦国の武家に生まれた女は、幼い時から武術を習い、刀槍だけでなく、弓、さらには鉄砲の訓練をする者もいた。兵法を学ぶ女も少ないがいた。乗馬も当然こなした。

直虎も幼い時から武術を学び、さらに龍潭寺にあっても鍛錬を怠らなかったのだ。

直虎は南渓和尚によって、心身ともに鍛えられて、気丈なだけでなく、しっかりとした判断力と行動力を身に付けてゆく。

そして桶狭間の戦いの衝撃からまだ立ち直れないその年の暮れにまた悲劇が起きた。龍潭寺古文書に「永禄三年十二月二十二日、奥山朝利、小野但馬により生害される」（武藤全裕編『井伊氏・龍潭寺関連年表』より）とあるという。

朝利は井伊家にかかわる主要な家に娘や妹を嫁がせて、外戚として大きな力を持ちはじめていた。長女は井伊宗家を継いだ直親と結婚した。二女は井伊谷を預けたいと直盛が遺言した中野越後守直由に、四女は井伊谷三人衆の一人で直親に仕える鈴木三郎太夫重時にそれぞれ嫁いでいた。また妹は、今川一族ながら井伊家の側に立った新野左馬助親矩の妻になっていた。

ところで小野但馬守の弟・玄蕃《げんば》朝直《ともなお》にも朝利の三女が嫁いでいたが、玄蕃は桶狭間の戦いで死んだことで、奥山朝利とのしがらみが無くなったとみたのであろう。但馬守は奥山朝利の力が絶大になる前に、禍の芽を摘み取ろうとしたのだ。父の和泉守同様に、但馬守も背後にいる今川氏の威光を借りて、井伊家を揺さぶりだしたのである。

時に今川氏は義元の子の氏真《うじざね》が家督を継いでいた。彼は味方の国人領主らの父の弔い合戦をすべきとの声を無視して、戦おうとはせず、酒宴、蹴鞠、連歌・和歌に入れ上げて、暗愚な後継ぎといわれはじめていた。

但馬守が氏真に何を訴えたかは不明だが、氏真の了解のもとに殺害したことは間違いなく、周囲は手が出せなかった。家老・小野家の暗躍がまたもはじまったのだ。

◉またも讒言、小野但馬守に家臣とともに殺された直親

桶狭間の悲劇に加えて、小野但馬守の不気味さが井伊家の人々に動揺を与えた年が改まった永禄四年（一五六一）二月九日、二十六歳の直親に、待望の男の子が祝田の屋敷で誕生した。直親はなかなか子供が授からず、龍潭寺に世継千手観音を造って夫婦で後継ぎの誕生を祈願し、結婚から六年してやっと授かった息子だった。その子は虎松と名付けられた。

直親と但馬守の確執が進んでいた。それは義元の死によって今川氏が脆弱さをまし、かつて今川氏の人質になっていた徳川家康が、今川氏に反旗を翻して三河を奪い、台頭してきた織田信長と同盟を結んだことに象徴される。また今川と蜜月関係にあった武田信玄も駿河・遠江への侵略をねらい、国人領主たちもだらしない氏真を見くびる

者が増えていた。

直親は三河を押さえた家康に接近してゆく。家康は今川の人質時代、瀬名姫と結婚していた。彼女は岡崎城に住んで築山殿と呼ばれ、母は井伊直平の娘であった。つまり直親と築山殿は従兄妹《いとこ》の関係にあった。このため夫である家康に親近感を持って当然であり、今川氏に対しては父直満を殺された恨みがあった。さらに今川氏のために死んでいった直盛主従らをはじめ、先祖たちの辛酸を思う時、直親の心は自ずと「親家康・反氏真」になっていった。

直親は岡崎城を訪れて築山殿に会い、家康とも対面して交誼を結んだ。『井伊家伝記』は家康が遠江に発向する密談もし、鹿狩りと称して井伊谷山中へ人数を遣わすことも話し合ったといっている。直親公が家康に内通したことが、後に直政（虎松）が徳川家に取り立てられる根本になったとも記している。

だが直親の家康接近に怒りをあらわにしたのは小野但馬守だった。直親を追い落としたい但馬守は今川氏真に裏切りを密告した。表向きは今川氏への忠誠を誓い、事が露見するはずがないと信じていた直親は、密告は嘘であると申し開きをすれば分かってくれるとの甘い考えをもっていた。

家臣の多くは「殺されに行くようなもの」と反対したが、直親は家康もかつての今川家臣であり、築山殿は自分とは縁戚ながら今川の人間でもあることから、今川氏への逆心の気持ちはないことを訴えれば、氏真は理解してくれると信じていたのだ。

時に直虎は直親が駿府に出向くと聞いて、不吉な予感に襲われる。

「行くべきではない」

直虎の心はいつしか許婚時代の自分に返っていた。なぜか直親がいとおしく思われた。駿府に行かないでほしい。強い願望が直虎を襲った。急に直親がかけがえのない人に思え、もし自分が妻であれば、男に変装してでも一行に加わって、護衛するであろうとまで思った。

十八年前の直満・直義兄弟の惨劇と、今回の直親の一件があまりにもよく似ていたからだ。直親が少年亀之丞として舐めた辛酸、同じことがそっくりそのまま、生まれたばかりの直親の子・虎松に降りかかるのではないかと直虎は危惧した。

直虎の不安をよそに、直親と家臣十八人は井伊谷を発った。その騎馬隊に徒歩の足軽や中間の者たちが従った。永禄五年（一五六二）のことだが、春三月と冬十二月の二説があってはっきりしない。

新野左馬助が先に駿府に向かい、直親に今川氏に叛《そむ》く意思はないと氏真を説得したが、氏真は井伊家寄りの左馬助より、小野但馬守の密告を信じた。

通説では十二月十四日、掛川城下を通過する直親主従を、氏真の命令を受けた朝比奈泰朝《やすとも》が包囲して一戦におよんだ。直親主従はやむなく応戦し、粉骨《ふんこつ》を尽くしたが、多数の敵兵に直親と家臣の計十九人はことごとく討ち死にする。直親は二十七歳であった。

しかし直親主従の討ち死には、三月二日だったと『礎石伝』はいう。しかも直親を討ったその年の夏、掛川城主・朝比奈泰朝の叔父・泰能《やすよし》が井伊谷城を攻めた。井伊家は桶狭間で多くの戦死者を出し、直親主従の死もあって、家臣も武器も足りず、簡単に降伏し、三岳城もまた攻め取られた。『浜松御在城記』にも永禄五年三月に氏真に叛いたために、駿河より人数を差し向け、井伊谷の城が落ちたと記されていて、今川氏が井伊谷の城を攻めたことは事実とみていいであろう。

ただこの井伊谷攻めは、懲罰的な意味合いが強く、朝比奈軍は直ぐに引き揚げたことが考えられる。なぜなら直親を讒訴した小野但馬守、また今川一族の新野左馬助がおり、本家ではない中野直由が井伊谷城を任され、城代をつとめていたからである。氏真は今川に背けば井伊家のようになると、他の国人領主を威圧する意味合いで、直親を殺し、井伊谷を攻めたのだった。

この二つの説のどちらが正しいか、はっきりしない。だが龍潭寺の過去帳は十二月十四日を直親の命日としている。

ところで直親が掛川城下で討たれた時点に話を戻す。直親の首級は掛川城下に晒された。足軽らが首のない遺体を背負って持ち帰った。首級は南渓和尚が交渉して貰いうけたとされる。だが晒された首を直親の屋敷のあった祝田《ほうだ》の人々が、夜陰に紛れて奪い取り持ち帰ったともいう。

首を得た遺体は祝田の屋敷近くの都田川の畔《ほとり》で荼毘《だび》にふされた。そこに直虎の姿もあった。河原で薪を高く積んだ上に安置された直親の遺体が炎に包まれる。直虎は数珠をギュッと握りしめ、読経を唱え続けた。自分に背いて妻を得て子を成したその過ちを許さず、愛しながら結ばれなかった直親への惜別の想いが、いまは滂沱《ぼうだ》の泪《なみだ》となって、直虎の頬を流れ落ちた。

直親の墓が荼毘地の河原に設置され、龍潭寺にもつくられた。

そして氏真は但馬守のいうままに、二歳になった直親の一粒種・虎松の命までも奪おうとした。駿府にあった新野左馬助が、身命に替えて虎松の助命を嘆願し、やっと許されたが、いつ氏真の気持ちが変わるか分からない。急ぎ帰った左馬助は、虎松とその母を井伊谷城の居館三の丸の南に隣接してあった新野屋敷に隠し、そこから引馬の浄土寺（浜松市中区広沢）に預けた。浄土寺は新野左馬助の伯父が住職をしていた。

今川氏のもとにあって、井伊家は戦いと陰謀によって次々に当主となるべき人を失った。直虎の祖父直宗は三河田原城攻めで討ち死に、父直盛は桶狭間で戦死した。大叔父の直満と直義は小野和泉守の讒言で謀殺された。直満の子で許婚でもあった直親も小野但馬守の密告で殺された。井伊家嫡流に残るのは高齢の曾祖父直平と二歳の虎松しかいなくなった。

そこで中野越後守直由が井伊谷を預かっていたが、直親の死によって正式に井伊谷城の城代になり、直盛が用いていた信濃守に官職名（私称）を変えた。新野左馬助も政治に参画した。小野但馬守は悠然として悪びれず家老の職にある。

そして氏真は直平に社山城《やしろやまじょう》（静岡県磐田市）の天野左衛門尉《さえもんのじょう》を攻めよと命じた。出陣途中に直平は引馬城主の飯尾豊前守の妻お田鶴《たづ》の方の接待を受けた。接待を受けた場所は引馬城だったのか、彼女がどこかに出向いて接待したかは不明である。

お田鶴の方は直平に毒の入った茶をすすめ、何の不信も抱かず直平は飲み干した。直平はジワリと毒が回って、有玉旗屋《ありたまはたや》の宿（浜松市東区有玉町）で総身がすくみ、馬から落ちて死んだ。享年七十五だった。飯尾氏はこの後で今川に背くが、この時は今川と主従関係にあっただけに、氏真の指令による毒殺の可能性が高い。

しかもその飯尾氏が今度は家康に内通したことで、氏真は永禄七年（一五六四）に新野左馬助と中野信濃守の両人に引馬城を攻めさせた。今川軍も応援して兵三千で攻撃したが、飯尾氏は手ごわく、九月十五日に新野左馬助と中野信濃守はそろって城東の天間橋で戦死してしまうのだ。

かくて井伊宗家の男子は幼い虎松しかいなくなった。ここに南渓が万一に備え、隠し玉として次郎法師を名乗らせた女直虎が貴重な存在として浮かび上がってくる。

◉窮余の策で女地頭誕生、直虎が井伊谷城主に

井伊家はまさに絶望の淵に立たされた。当時の井伊家は、今川家の『諸家臣分限記』（静岡市増善寺蔵）に「高二万五千石　遠州井之谷城主伊井信濃守」とあり、直盛が二万五千石の地頭だったことが分かる。

地頭とは年貢の徴収権、警察権、裁判権をもって領内の住民を支配した在地領主のことで、戦国時代は守護の被官となっていた。つまり井伊家では井伊谷を支配する一方、守護の今川氏の被官として軍役を担っていた。

この地頭職を誰に継がすべきか。男が誰もいなくなって、南渓和尚の才覚がものをいう。永禄八年（一五六五）、かねてから尼になることを許さず、次郎法師として僧侶を名乗らせていた直虎を男として還俗させて、地頭にしようとしたのである。

『井伊家伝記』は「中野信濃守井《い》伊保《いのほ》（井伊谷と同じ）を預り仕置《しおき》成され候《そうろう》跡に、討死の後は地頭職も之《こ》れ無く候。之に依り、直盛公後室と南渓和尚相談にて次郎法師を地頭と相定め、直政公の後見を成され、御家を相続成さる可《べ》き旨《むね》ご相談にて、次郎法師を地頭と定め申し候。其節井伊家御一族、御家門方々にて戦死、直政公（虎松）御一人殊に御幼年故、井伊家御相続御大切に思召され候也」と記す。

南渓は虎松の後見を名目に次郎法師を地頭とすることにした。当時、後家は大きな

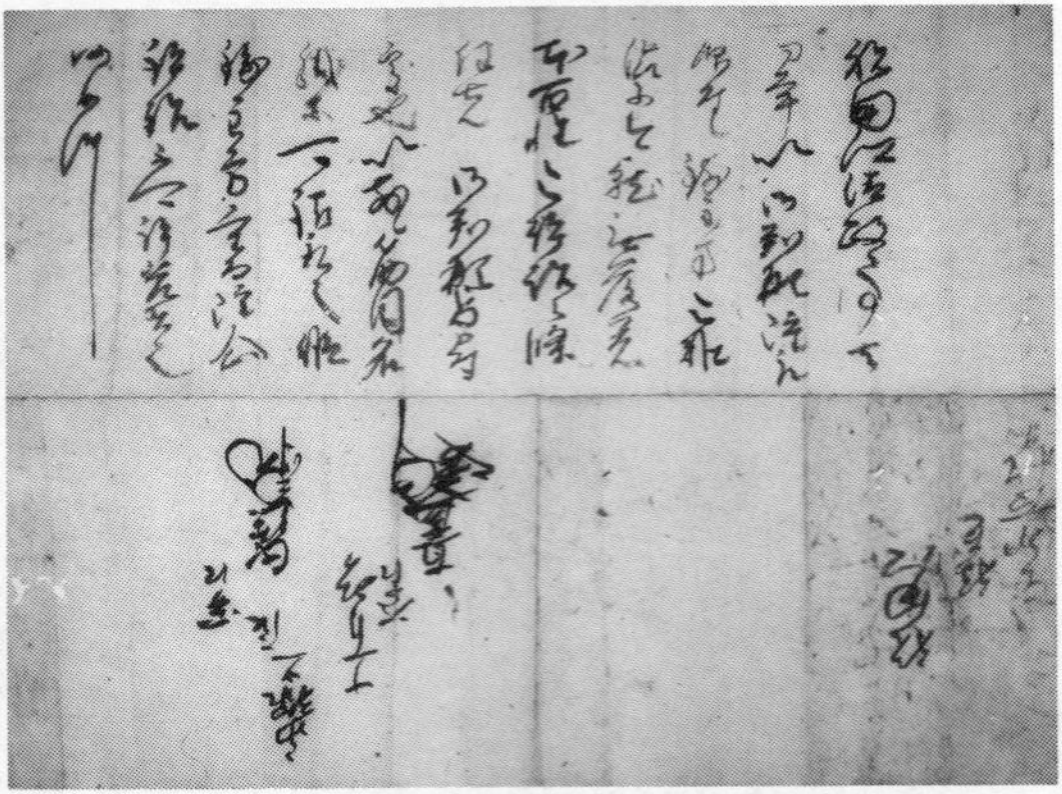

徳政令について今川氏と交わされた書状に、
「次郎直虎」の署名が残る（蜂前神社蔵／浜松市博物館提供）

力をもっていたので直盛の未亡人・祐椿の了承を取り付けた。祐椿は次郎法師の母でもあったため、一族一門に異存を差しはさむ余地はなかった。難題は今川氏だったが、氏真の祖母・寿桂尼は健在で、彼女自身が女戦国大名として権勢を誇ったこともあっただけに、女地頭を氏真は素直に認めた。おそらく小野但馬守は不満だったが、氏真が許したので、渋々同意したのであろう。

ここに次郎法師は還俗した。しかし世間一般に女とばれると侮られる。そこで男を装わせ、直虎を名乗ったのである。彼女はちょうど三十歳だったと推定される。『井伊家伝記』は彼女を次郎法師とするだけで、還俗した後の彼女の名を伝えない。直虎と呼ぶのは、祝田の蜂前《はちさき》神社に「次郎直虎」として署名した文書が残るからである。しかも男性しか用いない花押が押してある。花押は戦国の世の武将の文書に多く見られ、直虎が自らを武将に見せかけていたことが分かる。

その直虎がどのような姿をして井伊谷城の居館で政務を執り行なったか、それを知る史料はない。男名を名乗ったが、実際は尼僧の格好で通したとの意見もある。しかし男を名乗った以上、男装して二本を差し、凛々しい若衆姿の女城主であっただろうと想像される。

龍潭寺を主な生活の場にしていた直虎は、女城主になって井伊谷城の居館本丸に戻り、引馬の寺に身を隠していた虎松も母（奥山朝利の娘）と一緒に帰ってきた。母の祐椿尼も城にいることが多くなって、女たちの華やぎが井伊谷城に戻ってきた。

直虎が井伊家を相続したことで、虎松は直虎の後継ぎとして、名目上の母親となった。虎松にはもちろん側に実母がいた。虎松は二人の母をもつようになった。

直虎はもし直親と結婚していたならば、虎松のような可愛い同じ年恰好の子がいたに違いないと思うと、虎松が本当のわが子に思えてくるのだった。

◉直虎、今川氏に抵抗し徳政令を阻止する

直虎が女城主になった翌年、川名《かわな》の福満寺《ふくまんじ》薬師堂《やくしどう》に梵鐘《ぼんしょう》を寄進している。福満寺は

曾祖父である直平の菩提寺・渓雲寺《けいうんじ》と、その直平の墓のちょうど真ん中に位置している。

直平は今川氏との戦いで三岳城を占領された後、妻の実家である井平氏の支配地である川名に住んでいたことがあったようだ。直虎は今川氏に三岳城を占領されている最中に生まれたため、彼女自身が直平のいた川名で生まれた可能性もある。

そんな川名の福満寺に「大檀那　次郎法師」と鐘に銘を入れて寄進している。ただこの鐘は寛文元年（一六六一）に福満寺が焼けた際に、落下して損傷したために残念ながら現存しない。

直虎が地頭として懸命に取り組んだのが徳政令の阻止であった。

直虎の支配地である井伊谷とその南辺の都田、祝田、瀬戸など都田川流域に、今川氏真が本百姓層の要請によって徳政令を出したのは永禄九年（一五六六）のことだった。

しかし徳政令は直虎が握りつぶしたために実施されなかった。

井伊家は今川氏の度重なる軍役と策謀の被害を受けて、人的損傷だけでなく、経済的にも大きな損失をこうむった。そのために銭主とよばれる豪商などから多額の借金をして、何とか切り抜けてきた。だから徳政令によって銭主の権利が失われることは、井伊家の財政をも揺るがす大問題だった。直虎としては本百姓より銭主を守らねばならぬ必然性があった。

直虎はこのために今川氏のだした徳政令の発布をしなかった。また徳政令は井伊家菩提寺の龍潭寺にも大きな影響を与えることが明らかだった。そこでいち早く寄進状を発給して寺領を末寺も含めてきちんと示し、龍潭寺は父直盛の菩提所であり、代々の先祖が祀られる大切な寺なので、いかなる税金もかけてはならず、徳政によって寺の利益が失われてはならないことを明言した。この寄進状は私的なものではなく、黒印が押された公式な書面で、直虎の強い意志を示すものであった。

借金や質入れの契約、土地の無償返還などを求める徳政令は鎌倉から戦国時代にたびたび出された。徳政の訴えをする際、井伊谷の場合は在地領主の井伊家にするのが筋である。しかし本百姓たちは井伊家を飛び越えて戦国大名の今川氏に訴えた。ここにまたしても小野但馬守の策謀があった。

但馬守ははじめ直虎が女であることでみくびっていた。しかし強い意志をもった気丈な女城主で、自分の自由にならないと分かると、一転本性をむき出しにして、直虎を失脚させ、井伊家を乗っ取る策を講じたのである。

そこで但馬守は蜂前神社の神職・祝田禰宜《ほうだねぎ》と結託して、本百姓を焚きつけて徳政令を出させるよう企んだのだ。

直虎が徳政令をはねつけたのは、痛手をこうむる銭主の難渋を救うためであった。

商人はもちろんだが、当時の寺もまた百姓に対し必需品の購入や旅の斡旋、金貸しなど様々な経済活動をしていた。債権者である商人や寺に準備期間を与えて、損害をなるべく軽微にしようとしたのだ。このため今川氏の命令を直虎は二年間抑え込んだ。そのため但馬守は駿府にわざわざ出かけ、氏真の取次役に取り入り、一刻も早く徳政令を直虎に出させようと工作した。

この徳政令に絡んでいた祝田禰宜自身も実は古くからの銭主だったが、新興勢力の銭主に押されて振るわなくなっていた。そこで徳政令によって新興勢力を封じて、自らの復活をはかろうという魂胆があったのだ。

◉直虎が地頭職罷免の直後、今川は失速し家康が進出

また但馬守は、今川の命令に従わない直虎を失脚させる最上の方法が徳政令とみていた。徳政令を井伊領に行きわたらせて、直虎の権威を失墜させ、地頭職を取り上げて、井伊領を今川の直接支配地とし、自分が城代をつとめる。但馬守はこうした井伊家を乗っ取るシナリオを描いた。

ここに但馬守の思惑どおり、永禄十一（一五六八）年八月四日付で、氏真の家臣・関口越中守氏経《うじつね》が「井伊谷の徳政の事。さる永禄九年、氏真の御判をもって仰せつけたが、井伊の当主は自分一人の考えをもって、祝田郷中、都田上下給人中に対して、

今においても徳政の沙汰がない。本百姓の訴訟に御判形を出したが、銭主方の難渋を理由に抑え、今もってその沙汰をしないのは甚だもってあきれ果てたことだ。銭主方がいかような訴訟を申そうと許してはならない」と、直虎を叱責する書状を出した。

直虎はこれ以上の抵抗は無理として、三カ月後の十一月九日付で、関口氏経と連名で徳政令を布告した。この判物《はんもつ》（下達文書）が蜂前神社に残っている。「次郎直虎」と署名し、下に花押を押されたものである。

ここに直虎は屈した。但馬守の思惑通り、氏真は直虎から地頭職を取り上げ、井伊家領を今川の直轄地とし、但馬守を井伊谷城代にした。但馬守の得意顔が目に浮かぶ。そして無念やるかたない直虎と井伊家の人々。しかしこの時にあっても直虎は悲観していなかった。

井伊家の未来を見詰めて、まず考えたのは八歳になった虎松のことだった。但馬守はきっと虎松の命を奪い、井伊総領家の男を根絶やしにしようとするに違いなかった。直虎の行動は早かった。ただちに虎松を居館本丸から龍潭寺の松岳院に、実母（奥山朝利の女《むすめ》）とともに逃がし、南渓和尚に協力を求めた。

南渓和尚はすぐに虎松に僧衣を着せて、奥山六左衛門（母の実兄）を供につけ、奥三河の鳳来寺（愛知県新城市）に逃がした。また直虎も母祐椿尼公と一緒に龍潭寺松岳院の庵に戻ってきた。

この時、直虎に従っていた家臣たちがどうしたかを語る記録はない。祝田衆、都田上下給人衆など、井伊谷被官衆の多くは但馬守にそのまま仕えたであろうが、井伊家の多くの分家からなる井伊谷親類衆がそのまま但馬守に従属したとは考えられない。それぞれの領地に戻って成り行きを見守ったに違いない。

なぜなら世情は混沌としていた。但馬守が井伊谷城代になった時、すでに今川氏に対して北から武田信玄が駿河をねらい、東からは徳川家康が遠江に兵を入れようとしていた。直虎が二年にわたり必死に抵抗したのは、そうした状況を見極め、今川の滅亡は目前とみて、ついに徳政令の発布に踏み切ったのかもしれない。

ここに直虎失脚からわずか一カ月余の十二月十三日、信玄は駿府に侵入し、氏真は迎撃の軍勢も整わず、今川館を捨てて、忠臣・朝比奈氏の遠江掛川城に逃げ込んだ。但馬守は井伊谷で真っ青になった。

家康の軍馬の響きがすでに井伊谷にも近づいてきていた。直虎は期待を込めて待った。周囲の土豪などには今川を慕う者は少なくなく、また武田に味方しようとする者もいた。しかし直親の生前の動向を知る井伊家一族一門は直虎と心を一つにして家康に期待し、今川や武田に取り入ろうとする者はなかった。

かくて家康は井伊谷三人衆の先導で遠江に軍を入れた。その三人衆のうち菅沼二郎《すがぬまにろ》右衛門忠久《うえもんただひさ》、並びに鈴木《すずき》三郎太夫重時《さぶろうだゆうしげとき》は直親に仕えた家臣だった。はっきりとした記録はないが、直虎は領内に入った家康のもとに軍装して出向き、引馬城までの道筋の地形などを詳しく重臣に説明させ、家康に協力したようだ。また井伊谷城の佞人《ねいじん》・小野但馬守の討伐を願い出て、わずかな兵だが従軍させたと思われる。

かくて十二月十五日未明、徳川の軍勢は井伊谷城を攻めた。但馬守は戦力といえぬほどのわずかな兵しか所有しておらず、しかも策謀に長けていたが戦術・戦略にはまったくの無知であった。だから城方は我れ先に皆があわてて逃げて、井伊谷城は戦わずして落ちた。但馬守は三岳山の山中に逃げ込んで身を隠した。井伊谷城は無傷のまま、井伊谷三人衆によって接収された。

家康の軍は井伊谷城から都田川の畔に出て、刑部《おさかべ》城も難なく落とし、十八日には引馬城を攻略する。そして家康は掛川城に逃げ込んだ今川氏真を攻めた。

ところで信玄と家康は共同で今川氏を倒す密約を結び、大井川の東は信玄、西は家康が領有する密約ができていたという。そこで大井川の西にある掛川城は家康の分担地域であった。家康は掛川城を包囲し、激しい攻防戦の末に、翌年五月十七日に和睦をもって開城にこぎつけた。氏真は城を出て妻の実家である北条氏政を頼って、海路小田原に脱出し、名門今川氏はここに滅亡したのだった。

一方、井伊谷城は井伊谷三人衆が管理した。家康に遠江侵攻の道を貸した形の井伊家とその一族一門はそのまま領地に残った。実態は不明だが、召し上げられた領地はもちろんあり、三人衆などに恩賞として与えられた土地もあったが、何となく曖昧で、完全に没収されることはなかったとみられる。

◉直虎の音頭で虎松の母、松下清景と再婚

三人衆のうち菅沼忠久、鈴木重時の二人は井伊直親の家臣だっただけに、直親の遺児虎松を尊敬する気持ちが強く、その虎松の後見役の直虎に敬意を表していた。だから直虎は但馬守に追われ龍潭寺に身を寄せたが、井伊谷城居館に戻ることができたと思われる。三人衆の管理下で直虎は井伊宗家の当主として井伊谷の安定につとめた。三人衆が前面に出るより、井伊家が表面上、取り仕切る方が民政は当然安定する。三人衆と井伊家は持ちつ持たれつの関係になったとみられる。

直虎はまた南渓和尚と相談の上で、井伊家歴代の墳墓の地を絶対に守り抜くためにも、嫁するはずだった直親の遺志を継いで、家康に属して身を処していく決意を新たにした。

逃げていた小野但馬守とその子が菅沼氏の手の者に発見されて捕らえられた。直虎はできれば自分の手で斬り捨てたい思いにかられた。家康はその但馬守の処刑を命じ、永禄十二年（一五六九）四月七日に井伊家の仕置場（処刑場）である井伊谷川の蟹渕で首を刎ね、獄門磔《ごくもんはりつけ》にし、一ヵ月後に幼い息子二人も処刑された。

許さざる敵ともいえた今川氏、そして但馬守が消えて、直虎はやっと心を落ち着けることができた。そんななかで夫直親に死別し、わが子虎松とも引き裂かれて寂しい思いをする、まだ若い虎松の母の身を案じた。そこで母祐椿と話し合って再婚させることになり、南渓和尚に相手を探してもらった。

ここに松下源太郎清景《きよかげ》が再婚相手に選ばれた。彼も妻を亡くして一人娘を抱えていた。松下氏は引馬の頭陀寺《ずだじ》城（浜松市南区頭陀寺町）の城主で、ことに之綱《ゆきつな》は布子《ぬのこ》一枚を着て、木綿針を売りながら引馬にやって来た少年藤吉郎（後の豊臣秀吉）の非凡さを見抜いて、武士の教育を施して可愛がった、〝太閤秀吉生みの親〟として名高い。清景と之綱は同じ一族であるとともに、清景の妹が之綱の妻になっていた。

この再婚には二つの意味合いがあった。一つは虎松を守るためであった。小野但馬守は処刑され、今川氏も滅びた。だが今川のシンパは多く、虎松に危害がおよぶ危険は消えていなかった。母が再婚し虎松に松下姓を名乗らせることで、鳳来寺から帰った場合に身を隠せる場所になるからだ。

もう一つは清景の弟安綱の存在だった。彼は常慶と号して、家康が岡崎にいる頃から出入りし、家康の要請によって山伏に身をやつして、遠州秋葉山の札をくばり歩きながら諸国の物見（敵情の偵察）をしていた。実は家康が井伊谷を通って引馬城攻めに成功したのも、常慶の的確な情報の賜物だった。その常慶は龍潭寺にも出入りし、南渓和尚とも親しかった。兄清景と虎松の母が再婚すれば、常慶を通じて家康に接近できると踏んだのである。

そんな思惑をもって虎松の母は松下家に入ったのである。

◉三方原の戦い、武田軍に荒らされた井伊谷

今川氏を一緒になって滅ぼした信玄と家康は、今度は敵同士となる。信長と結んだ家康を信玄は許せなかった。信玄は将軍の足利義昭の要請に応じて、本願寺、朝倉義景、浅井長政と一緒になって反信長陣営を築き、信長を討つために上洛することを決めた。

このため信玄本隊の上洛を助けるべく、山県三郎兵衛昌景《やまがたさぶろうべえまさかげ》が率いる五千の別働隊が、三方原の戦いの二カ月前、伊那谷を経由して奥三河から井伊谷三人衆が守る井伊家領に攻め込んできた。

井伊谷城の北約四キロに井伊家の分家・井平氏の居城・井平城があった。ここに井伊谷三人衆も籠り、直虎も宗家から兵を繰り出したに相違ない。その城のすぐ西に鳳来寺街道の難所、仏坂《ほとけざか》があった。山は急斜面で深く谷が刻まれる地である。ここで両軍は激突した。だが百戦錬磨、赤備えの武具に身を包んだ山県の軍勢は数でも圧倒して井平軍は討ち負けた。

若き城主・井平飛驒守直成は鉄砲にあたり、また三人衆の一人・鈴木重時の息子の権蔵（重俊）も頬当の下り菱綴《ひししころ》の所に銃弾を受けて即死した。井平方の死者は八十八人にのぼった。井平城はたちまち陥落し、仏坂で戦い敗れた井伊谷三人衆は井平城に戻れず、山中に潜んで三日後にやっと浜松に逃げ帰った。

仏坂の山中に「ふろんぼ様」と呼ばれる遺跡がある。「ふろんぼ」とは「ふるんぼ」、つまり古い墓がなまったもので、破損した宝篋印塔や五輪塔が仲良く並んでいる。誰の墓か不明だが、井平方の武将を弔った墓とされる。

山県昌景が率いる武田別動隊は井平城を掌中におさめると、今度は井伊谷に攻め寄せ、井伊谷城を占拠した。この時に周囲が放火され、井伊谷城の居館近くにあった足切観音堂が焼かれている。龍潭寺もこの時（翌年一月説も）に火を掛けられ炎上した。

直虎は居場所を失って一族の誰かを頼って身を隠したとも考えられるが、三人衆とともに浜松に逃れた可能性もある。

おそらく山県昌景はある程度の兵を井平城・井伊谷城に残して留守を堅め、自らは主力を率いて信玄の本隊と合流するため二俣城《ふたまたじょう》（静岡県浜松市天竜区）に向かい、武田軍は堅城の二俣城を攻略した。

ここに信玄は十二月二十二日早朝「風林火山」の旗を掲げて二万五千の兵を率い、二俣城を出て天竜川を渡り、上洛をめざして怒濤の進軍を開始し、家康の居城・浜松城を攻めるかのように南へ進路を取った。しかし途中から急に西に方向を変えて三方原台地に上がり、浜松城を無視するように姫街道を通って三河に向かう姿勢を示した。先を急ぐ信玄にとって浜松城攻めは時間を要し、損害も多いと判断したのだ。しかし老獪な信玄は、若い家康はきっと無視されたと怒り、追ってくるものと読んでいた。その信玄の術中に家康ははまった。「自分の庭を土足で通る武田軍が許しがたい」と、敗北を恐れず打って出てきたのである。

ここに浜松城から北十二キロの距離にある三方原の根洗の松から、祝田の下り道にかけての一帯で、夕刻に両軍は衝突した。家康方は焦って、武田軍が祝田へ下りきるのを待てず、早く仕掛けてしまった。信玄は反転して徳川軍に襲いかかり、徳川軍は作戦に長けた、しかも兵力でも倍以上の武田軍に圧倒され、押し戻され、将兵は次々に討たれた。夜の闇に助けられて家康が浜松城へ逃げ帰る途中、夏目吉信《よしのぶ》、鈴木久三郎ら三河譜代の家臣たちは、家康の身代わりになって次々に死んでいった。恐怖のあまり家康は鞍の上で脱糞したが、何とか無事に帰城した。徳川勢の死者は一千人を超えたとされる。

家康に勝利した信玄は翌二十三日は三河に向かわず、井伊谷の前庭ともいうべき都田川の南、飲み水が確保できる台地下や谷間を控えた刑部城から祝田の北辺の広い範囲に野営して越年した。そして十日以上も滞在した。

信玄はこの後、東三河の野田城を攻める最中に病気になったといわれるが、実はこの刑部において発病したと思われる。そして信玄は病を抱えながら野田城に向かい発進した。軍勢は一月三日から七日にかけ発《た》ったが、この際に井伊谷の諸所が放火された。龍潭寺も先の山県軍の侵攻時ではなく、この時に燃えたともいわれる。井伊谷城や井平城にいた兵士も移動をはじめて、武田軍は井伊家領から去った。

直虎も三人衆とともに井伊谷に戻り、武田軍に荒らされた領地の復興に取りかかるのだ。やがて信玄の死の噂が聞こえ、それが事実であることが伝わって、直虎らはホッと胸を撫で下ろした。

◉直虎ら、虎松を家康に出仕させようと懸命に工作

天正二年（一五七四）十二月十四日は直親の十三回忌にあたっていた。龍潭寺は本堂も復興し、松岳院の庵も新しくなっていた。南渓和尚は鳳来寺から十四歳になった虎松を呼び寄せた。再婚した母も松下源太郎と一緒にやってきて、きりっとして大人びた虎松を皆がまぶしく見守った。

直虎はこれぞ井伊家の立派な跡取りと喜び、このまま井伊家を衰退させてはならないと思った。南渓もまた虎松の身の振り方を真剣に考えていた。南渓は虎松を鳳来寺に帰さず、源太郎に託した。ここに正式に松下家の養子になって松下虎松と称し、浜

松に住むのである。そして南渓や直虎の願いに応えて、源太郎とその弟・常慶が家康にさりげなく虎松が対面できる場を作り出す努力をするのだった。

一方、虎松をいとしく思う直虎は、家康に対面する日の晴れ着を、龍潭寺に来て母祐椿と二人で松岳院の庵でせっせと縫い、その日の早く来ることを願った。

かくて直親の十三回忌の二カ月後、家康が鷹狩りに出た際、さりげなく待ち受けて対面する段取りが決まった。源太郎に伴われ、十五歳になった虎松は直虎と祐椿が仕立てた衣装を着て、道端で家康を待ちうけた。

新井白石の『藩翰譜』は「天正三年（一五七五）二月十五日、徳川殿、御鷹狩のため浜松の城をいで玉ひ、道のほとりにてこれを御覧じけるに、つらだましひ尋常の人にあらず、怪しとや御覧じけむ、如何なるものの子にてやあると尋ねさせ玉ふに、よく知れる人ありて、是こそ当国の井伊が孤子に侍れとて在りし事ども申しければ、不便《ふびん》の者かな、われに宮仕へせよとて召し試みらるるに、誠にさる武夫の子なりけり、頼母《たのも》しきものぞと思召して、頓《にわか》て本領を給ひしとなり」と記す。

また『井伊家伝記』には「虎松を早速召し抱えるとの上意があり、そのままお供して浜松城に入った。御前で尋ねられるままに父祖の由来をつぶさに言上すると、かつて家康は直親と遠州発向を話し合ったが、その陰謀が露顕して、氏真に殺された直親の息子かと驚かれた。家康がために命を失ったのも同然として虎松を召し抱えた。家康はこの際、松下姓から井伊姓に戻るように命じ、自分の幼名の竹千代から、千代を下さり、千代万代と祝い遊ばされて『万千代』の名とともに三百石を下された」とある。

直虎や南渓和尚の願いはここに叶った。直虎には家康が井伊に復帰するようにいってくれたことが嬉しかった。必死に井伊家を守ってきた努力がやっと報われたと思った。直虎は感慨深げに、龍潭寺で御仏たちに静かに合掌した。

◉虎松から万千代へ、家康に気に入られ増える禄高

虎松は家康に召し抱えられ、井伊姓に復し、万千代という新たな名のもと、出仕翌年、十六歳で初陣して大手柄を立てた。長篠の戦いで信長・家康連合軍に敗れた武田勝頼は高天神城《たかてんじんじょう》（静岡県掛川市）に入り家康と対峙した。この時に陣営で就寝中の家康の命をねらい、忍び込んできた間者数人に気づいた万千代は、一人を斬り殺し、もう一人に手傷を負わせて、家康の命を守り、恩賞として一気に十倍の三千石を得る。

拝領の地は井伊谷だったようで、自分の土地でありながら自分の土地といえぬ宙ぶらりんの井伊家が、家康からきちんとした所領の保証を得たといえる。

万千代はその井伊谷三千石を直虎に預けた。直虎は依然、井伊宗家の総領だったからである。

万千代は十八歳で家康の声がかりで甲冑着初式《かっちゅうきぞめしき》を執り行ない、すぐに家康に従い駿河に入り、武田が遠江攻略の拠点としていた田中城（静岡県藤枝市）を攻め、この功績によって一万石を加増され、一万三千石となった。

今川分限帳に、桶狭間で戦死した直盛の石高は二万五千石とあることから、井伊家の石高は半分まで回復したことになる。さらに万千代は二十歳の時に二万石を食む青年武将へと出世する。ここに地元に逼塞していた分家の奥山や中野など一族の若い世代が万千代のもとに集まり、万千代を支える家臣として活躍をはじめた。

万千代はこの後も異常ともいえる出世をしてゆく。その背景には築山殿の存在があった。その築山殿が産んだ信康の武勇を家康は愛した。だが不運にも信長から築山殿と信康の挙動を疑われ、家康は泣く泣く妻と息子を殺した。その信康と万千代はともに井伊直平を曾祖父にし、同じ血が流れていた。死んだ信康と万千代は、武勇・気質だけでなく、面差しもどこか似ていたのであろう。万千代が家康から愛され、また信頼されたのには、そんな理由があった。

◉直虎を慕う万千代、二十二歳まで元服せず

井伊家は万千代を中心に大きく躍進する。しかし彼は元服をしようとしなかった。長く苦労を重ね、自分を支え続けた直虎の恩を万千代は絶えず心に刻み、家康に奉公

していたからである。元服すれば自分が井伊家の家督を継ぐことになる。そうなれば直虎は隠居の身になる。万千代はいつまでも直虎に井伊谷の女城主でいてほしかったのだ。彼はかたくなに元服を拒み続けたのである。養母である直虎を喜ばすために、万千代は身命を賭して戦場を駆けまわることをいとわなかった。

直虎はその万千代のやさしさを感じながら、やっと平和が戻ってきた井伊谷城でゆったりとした日々を送っていた。だが母の祐椿が天正六年（一五七八）七月十五日に龍潭寺山門前の松岳院の庵で死んだ。直虎は苦闘の日々の中で母がいかに大きな存在だったかに、その死を見送って改めて気づかされた。そして万千代の活躍を喜びながら逝ったことが、何よりも直虎には嬉しかった。

しかし母を失って、直虎には師と仰ぐ南渓和尚はいたが、周囲に気心の知れた人がいなくなってしまったことに深い孤独を感じた。そして戦死や謀殺によって近しい多くの人が失われ、また小野父子や今川氏との相克もいまは昔となって、緊張感が途切れたせいでもあろう、直虎は病がちになった。

また万千代の成長によって、もう男として生きる必要もなくなった。彼女は男の衣を脱ぎ捨てる。だからといって華美な衣装に身を包むことはしなかった。自分には尼僧の出で立ちが一番よく似合うと、袈裟に白い被り物をして、政務をこなす。そして南渓和尚に次郎法師ではなく、尼僧の法名が欲しいと願い出た。南渓も「ご苦労であった」と笑顔で大きくうなずき「祐円」という尼僧名をもらった。

もちろん城での政務はあった。だが龍潭寺に長い時間留まり、母の松岳院の庵を今度は自分の生活の場として過ごすことが多くなった。

京都本能寺において織田信長が明智光秀の謀叛に斃《たお》れたのは天正十年（一五八二）六月二日のことだった。家康はこの直前に安土城に招かれて信長の歓待をうけ、変の起きた時、堺（大阪府堺市）に遊んでいた。万千代も他の家臣たちとともに随行していた。身の危険を感じた一行は急ぎ帰国の途についた。途中、土賊に襲われながらも、忍者で名高い伊賀の山中を越えて紀伊半島を横断し、伊勢湾に出て船で無事帰り着く。この時の功によって、万千代は家康から孔雀《くじやく》の尾羽を全面に縫い付けた孔雀尾具足羽織《くじやくおぐそくはおり》（新潟県長岡市与板歴史民俗資料館蔵）を拝領した。

この間、直虎は松岳院の庵に体を横たえていた。上方で起きた異変に心を痛め、万千代の無事をひたすら祈り続けていた。そして怪我なく帰還できたことに胸をなで下ろした。だが病は進んでいた。

万千代は井伊谷に直虎を見舞う余裕もなく甲斐に出陣した。信長は武田勝頼を本能寺の変の約二カ月半前に滅ぼし、甲斐・信濃の国を奪い取った。しかし信長が死んで二国は無主の国となった。この地を奪おうと家康は出陣し、先に動いていた北条氏との戦いとなった。

遠く甲斐で頑張る万千代の勇姿を胸に抱きながら、直虎は天正十年八月二十六日、松岳院の庵で眠るように息を引き取った。南渓和尚がその最期を看取った。推定年齢では享年四十九であった。法名は妙雲院殿月泉祐圓大姉《みょううんいんでんげつせんゆうえんだいし》、龍潭寺の井伊家墓地に埋葬された。

いま龍潭寺を訪れると、母祐椿の墓の隣りに直虎は眠っている。反対隣りがかつての許婚・直親で、その横が直親の妻（直政の母）、さらに直政（万千代）で、小さな五基の五輪塔が仲良く肩を寄せ合っている。

右は手前が井伊共保、奥が直盛の墓。五輪塔は右から直盛の妻、直虎、直親、その妻、直政の五人の墓

万千代は直虎の死から三カ月後の十一月、二十二歳でやっと元服した。十五歳ぐらいが普通の当時、こんなに遅い元服は考えられない。しかし女城主としてずっと直虎に頑張っていてほしいとの思いから元服を延ばしてきたのだ。養母でもあった直虎への万千代の深い思いやりの結果だった。

直虎は立派な〝息子〟に恵まれて、多難な人生の最期を幸せで飾ることができたのである。

万千代は元服とともに家康から直政の名前をもらい、徳川四天王と称され、小牧長久手の戦い、小田原の北条氏攻めで大活躍して、関ヶ原の戦いでもずば抜けた才覚を見せた。直政は武田軍の精鋭がかつてつけた赤備えの武具着用を、家康から命じられ、その赤き軍団は〝井伊の赤鬼〟として怖れられた。

関ヶ原合戦では、敵中突破を敢行した島津義弘を猛追し、銃弾を浴びて落馬し負傷した。この功績で石田三成の居城だった佐和山城（滋賀県彦根市）十八万石の領主となり、譜代最大の石高を誇るが、慶長七年（一六〇二）二月一日、鉄砲の古傷がもとで四十二歳で落命した。

直政は佐和山城が敵城だったことを嫌って彦根に新城を築く途上で没したのだった。直虎が死んでちょうど二十年目のことだった。

直政の遺志をついで息子の直継・直孝が彦根城を完成させ、やがて井伊家は三十五万石の大藩となり、徳川幕府で大老を出す最大の譜代大名となる。井伊家がこれほどまでに大きく躍進できたのは、南北朝から戦国時代にかけての受難の末に、直虎が女でありながら男を装って必死に踏ん張って、何とか井伊家を支え、直政にバトンを渡せたからである。直虎の功績は計り知れないものがある。

2 お田鶴（引馬城・静岡県浜松市）
家康に血戦を挑んで華々しく散る

◉直虎のすぐ近くにいたもう一人の女城主

井伊直虎が生きたまさに同じ時代、同じ西遠江の地域に、井伊家とも強いかかわりをもって生きたお田鶴《たづ》の方という女城主がいた。同じ国人領主でしかも今川氏の家臣であり、同じように今川氏によって生殺与奪の権を握られていた。直虎との大きな違いは、直虎は徳川家康に井伊家の将来をかけたが、お田鶴の方はその家康を敵として戦ったことであった。

浜松市の街角に可愛いお堂があって、椿姫観音が祀られている。そこは旧浜松城である引馬城（引間城・現在東照宮がある）から東北へ約六百メートル行った場所にある。引馬城を攻めた徳川家康と堂々と戦い、討ち死にした女城主のお田鶴の方を供養するお堂である。

彼女は引馬城主・飯尾豊前守連龍《つらたつ》（致実《のりざね》とも）の妻であったが、連龍が殺された後、城を必死に守って散ったのである。

ところで椿姫観音のお堂は昭和十九年（一九四四）に建立されたものだが、すぐに浜松大空襲で焼け、同二十七年に再建され、毎年、町内の人々によって追善供養が行なわれてきた。この場所はもともとお田鶴の方が戦死した場所とされ、墓ができて御台塚とも椿姫塚とも称され、さらに蛇塚とも呼ばれてきた。

小説っぽくてどこまで真実を伝えているか疑問で、史料としての信頼度は低いが、浜松市在住だった會田忠（文彬）氏の著作兼発行の『落城秘怨史　蛇塚由来記』（大正十五年刊）が、お田鶴の方を取り上げた唯一の本として知られる。

これに「お田鶴の方は天文十九年（一五五〇）遠江国宇都山城主小笠原鎭實《しづざね》の姫君として生れた、天性すぐれて美しく怜悧《れいり》なことも尋常でなかった」とある。この記事で天文十九年生まれとあるのは信じがたく、もっと前に生まれたとみられるが、注目すべきは父が「宇都山城主小笠原鎭實」とある点である。宇都山城とは静岡県湖西市にある宇津山城のことで、小笠原鎭實は実は誤記で小原《おはら》鎭實であることは間違いない。鎭實は今川氏の家臣で、宇津山城の城代をつとめたが、徳川方に攻められて落城し、花沢城（同県焼津市）に移っている。

小原鎭實がお田鶴の父であり、母を加勢屋といった。母や侍女から武芸を習い、大石を抱いて力をつけ、弓をもって山野に猪《いのしし》などを追う、男子顔負けの鍛錬を少女時代から積んだという。

このお田鶴の方が嫁いだ飯尾連龍は引馬城の城主だった。飯尾氏はもと三河吉良氏の被官で、吉良氏が浜松荘を領したことでこの地に入り、奉行をつとめたとされる。やがて浜松荘奉行として今川義忠のもとで軍功を重ねて有力家臣となり、今川から引馬城主に取り立てられたとみられる。

連龍の父乗連《のりつら》は今川義元に従軍して永禄三年（一五六〇）の桶狭間の戦いで、井伊直盛と同様に織田信長の奇襲攻撃によって戦死した。

お田鶴の方を祀る椿姫観音堂

乗連の家督を継いだ連龍は、今川氏の新たな当主となった氏真に失望し、三河で大きな力を持ちはじめた徳川家康に、井伊家同様に傾倒していく。

そんな折の永禄六年（一五六三）九月、今川氏真は父義元の弔い合戦をする気になって三河吉田（愛知県豊橋市）に出陣した。この時に従軍を命じられた連龍は、家康と通じていたために、病《やまい》と称して居城の引馬へ引き返した。その道すがら浜名湖の南辺にある白須賀《しろすか》、荒井（新居）の宿場に放火して帰ったことに氏真は大いに腹を立てた。

一方の井伊家も同様に出陣したが、やはり氏真を怒らせた。直虎の曾祖父である直平は、息子や孫が戦死、あるいは謀殺され、やむなく七十四歳の高齢で当主に返り咲いた。直平も連龍同様に三河吉田への出陣を命じられ、その途中、白須賀に野営した。その日は遠州灘からの強風が吹き荒れ、不幸にも陣内から失火し町を焼く大火になってしまう。

これを氏真は井伊家の謀叛と早合点した。何しろ直親を殺させたばかりで、井伊家の今川氏への恨みが深いことをよく知っていた。氏真は前面にいる敵の信長・家康と後方の井伊の軍勢に挟み撃ちに遭うことをおそれて急ぎ吉田の陣をたたみ、東海道を避けて山側の姫街道を朝比奈氏の居城である掛川城まで逃げ戻った。これは単純なる失火と分かっても、一度芽生えた氏真の直平への不信は消えなかった。

◉飯尾氏を守るために井伊直平を毒殺

そこで氏真は直平に対して、今川氏に離反した社山城《やしろやまじょう》（静岡県磐田市）の天野左衛門尉《さえもんのじょう》を攻めるようにと命じる。その一方で自分を裏切った飯尾氏への懲罰的な意味合いも兼ねて、直平を密かに葬るよう指令を出したのだった。

そこで飯尾連龍は妻のお田鶴の方と謀り、毒殺しようと出撃途上の直平を待ちうけた。その場所が引馬城だったのか、どこかに彼女が出向いて接待したかは不明である。お田鶴の方は満面の笑みをたたえて直平をもてなした。そして茶をすすめた。喉の渇いていた直平は茶に毒が入っているとは夢にも思わず、グイッと飲み干す。直平は上機嫌で馬上の人となる。しばらく進んで気分が悪くなり、有玉旗屋《ありたまはたや》の宿（浜松市有玉町・東名高速三方原パーキングエリアの近く）まで来たところで、総身がすくんで落馬し、苦悶の表情を浮かべて死んだ。

お田鶴の方は飯尾氏に疑いの目を向ける氏真を欺くために、あえて積極的に直平毒殺に手を貸したのである。しかし狡猾な氏真は、直平を飯尾氏に葬らせたのとは逆に、今度は井伊家を使って飯尾氏を滅ぼそうとした。

翌年九月、氏真は「引馬を攻めて、豊前守連龍を生け捕りにし、その虚実を詰問せよ」といって、井伊谷城の井伊家に出撃を命じてきた。そこで城代の中野信濃守直由と新野左馬助親矩が今川からの援軍も含めて三千余の兵で引馬城を攻めた。

だが連龍は武勇に長けていただけに矢や鉄砲を飛ばして防戦し、寄せ手の大将・新野左馬助は鉄砲にあたり、また中野直由も討ち死にした。ここに井伊家には家を背負うべき男が誰もいなくなって直虎が登場することになったのだが、とにかく井伊家による引馬城攻撃は失敗したのだった。

井伊家を応援した今川軍の兵士が駿府に逃げ帰ると、氏真の怒りは頂点に達し、朝比奈備中守泰能《やすよし》・瀬名陸奥守親隆《ちかたか》らを大将に大軍を再派遣した。『改正 三河後風土記』は「昼夜を分かたず責めしかども、致実（連龍）防戦の術を尽し、寄せ手の手負い死人ばかりにて、城落ちるべしとは見えず。其時に致実は矢文を射出し、『某《それがし》讒者《ざんしや》の為に無実の罪を蒙《こうむ》り、遺恨《いこん》せん方なし。一時の急難をのがれん為、防戦するといへども、全く異心を抱くにあらず。早く讒言の虚実を糺明《きゆうめい》有て、恩免を蒙らば、弥《いよいよ》二心なく忠勤すべし』と認《したた》め、起証文《きしようもん》に添えて送りければ、討っ手の輩《やから》これを駿府へ送り、氏真に見せしむ。氏真ここに於いて討っ手の輩呼び返し、致実が罪をゆるし、此後は懇意に恩義を施しければ、致実忝《かたじけな》くや思ひけん、礼謝《れいしや》の為に駿府に来《きた》りける」と述べる。

もともと今川氏の家臣だった飯尾連龍は、氏真はすでに疑念を解いたと確信したのであろう。そこで氏真にお礼をするために少数の兵を伴って駿府にある自分の屋敷に入った。一行にはお田鶴の方も加わっていた。だが氏真は連龍への疑心を解いてはいなかった。

◉無双の強力の持ち主、今川勢と戦う

『武徳編年集成』は、永禄八年（一五六五）十二月二十日に氏真が連龍の屋敷を攻め

たことを記す。つまり「氏真渠《きよ》（到実＝連龍のこと）を駿府に召寄《めしよせ》軍士百騎計《ばかり》を以て其屋敷を囲み攻て鏖《みなごろし》になす于時《ときにおいて》飯尾が士二三十騎死戦《しせん》をなすゆへ寄手多く討る、到実が室無双強力《むそうごうりき》屢《しばしば》奮《ふる》ひ戦ふ」というのだ。

　ここでお田鶴の方を「無双の強力」の持ち主と表現し、今川勢を恐れず死を賭して奮戦したことが語られる。だが彼女の活躍も空しく、連龍は討たれて死ぬ。彼女はなぜかこの死地から生還した。女性であるために命までは奪われなかったのであろう。この戦いは小路合戦と呼ばれた。

　お田鶴の方は夫の亡骸に付き添って引馬城に帰った。正室である彼女は後家として家臣を束ねる地位を得る。今川への憎しみを抑えきれず、城兵を増やして、ことあらば籠城の態勢をとる準備を整えて、小国（静岡県周智郡森町）の武藤刑部丞《ぎょうぶのじょう》を介して武田氏に内通した。夫連龍は家康に内応していたが、なぜお田鶴の方は武田を選んだのか。それは実父の小原鎭實が今川氏の家臣として宇津山城代としてだけでなく、三河の吉田城でも徳川に苦しめられ続けていたことと関係があろう。そこで彼女は今川義元の桶狭間での死以来、虎視眈々と駿河をねらう武田信玄に期待した。信玄の力によって夫を殺した氏真に鉄槌を下してほしかったからである。

　三河岡崎城にあった家康は、お田鶴の武田氏への内通を知って、その情報をもたらした松下常慶と家康家臣の後藤太郎左衛門を引馬城に派遣して、ともに家老である江間常陸守（安芸守とも伝わる）と加賀守の兄弟に「徳川家にこの城を渡してくれるなら、飯尾の幼子をねんごろに養育し、寡婦の生活を保障する。家人たちのことごとく召し抱え、扶持も加増しよう」と伝えた。両家老は悪い条件ではないと、お田鶴を様々に説得したが、彼女はこれを拒否した。

引馬城主飯尾氏の名誉をあくまでも守りたいお田鶴の方は、家康に城を明け渡すことは屈服することだと考えていた。彼女は引馬城を保持して、武田信玄を受け入れ、引馬城が飯尾氏の城であり続けることを切望したのだ。

断固たる姿勢の女城主・お田鶴の方の判断をめぐって城内は割れた。兄の常陸はお田鶴と同じく武田を支持し、弟加賀は徳川に味方すべきだとして譲らず、城内に不穏な空気が流れた。そしてついに血を見る。『武家事紀』は「常陸守（原文は安芸守）はすなわち加賀守を殺し、加賀守の家人小野田彦右衛門が常陸守を害す」と記し、城内の混乱を「城内忩劇《そうげき》」と表現している。

この混乱に乗じて引馬城を攻めて奪うチャンスと進言したのは、井伊直政（当時は虎松）の家康出仕を取り計らった松下常慶であった。家康は井伊家領から遠江国に入り、当時、直虎がいた井伊谷から三方原を通って南進し、弱体化した引馬城を攻めた。永禄十一年（一五六八）十二月十八日のことだった。

◉徳川軍相手に女軍を率いて堂々戦う

お田鶴の方は家康に和睦は請わず、決戦を選んだ。戦略に長けていた飯尾連龍の意地にかけて、真の武士魂を貫くことこそ妻のつとめと認識した。死んで末代までの誉れに生きることをお田鶴の方は誇りとした。

彼女は侍女・小姓七十余人とともに本丸の櫓に集結した。守る将士は約七百人だったという。『蛇塚由来記《らんじやくたいた》』は、お田鶴と侍女は「今日討死《うちじに》と覚悟して、前夜のうちに髪にあえかな蘭若侍を炷き、身だしなみの薄化粧匂《にお》やかに、死出の晴着に緋染《ひぞめ》の着附け、白襷《しろだすき》、白鉢巻《しろはちまき》の同じ扮打《いでたち》」だったという。

お田鶴の方は家康側の最後の呼びかけを拒否した。『井伊家伝記』によると、これにより徳川軍は押し寄せて相攻め、城兵は相防いで鉄砲を厳しく撃ち掛けた。このため寄せ手の死人・手負い三百人に及び、城兵も二百余人が戦死した。だが寄せ手は大軍ゆえに崩れなかった。徳川方は三の丸、二の丸まで攻め込み、残るは本丸のみとなった。

ついに最期の時が来たとお田鶴の方は悟る。彼女は「緋縅の鎧《よろい》に同じ毛の兜《かぶと》を着、長刀《なぎなた》を揮《ふる》って敵中に斬って入る」（芳賀矢一著『東海道五十三次』）。左右には十七人の侍女が列《つら》なっていた。

女軍の登場は徳川の兵をびっくりさせた。だが女とはいえ強者ぞろい。足軽などのかなう相手ではない。見くびれば命はない。徳川の兵も油断なく立ち向かい乱戦になった。彼女たちは敵を切り従えて前へ進む。生き延びるためではない。一人でも多くの相手を倒し、冥土の土産にするためである。

侍女は一人討たれ、また一人討たれた。それでもお田鶴の方は肩で息をしながらも、持ち前の無双の強力で敵を薙ぎ倒し、また跳ね返して、城から遠く離れた原野まで討って出てきていた。顔は返り血で染まって、身に負った手傷さえも分からないほどだった。まさにその戦場は椿姫観音堂のある一帯にまで移動して、さすがのお田鶴の方も力が尽きた。

お田鶴の方の享年は不明である。『蛇塚由来記』は天文十九年（一五五〇）の生まれとするが、これでは十九歳で死んだことになる。彼女がもっと年上であったことは間違いない。また彼女に子供がいたかどうかもはっきりしない。

◉椿姫塚が蛇塚と呼ばれるようになった訳とは？

家康はこの地にお田鶴とその侍女十八人を葬って祠《ほこら》を建てた。人はこれを御台塚と呼び、さらに椿姫塚と呼ぶようになる。

椿姫塚の名称は家康の妻・築山殿が植えた椿に因む。築山殿はお田鶴の方の悲壮な最期に心を痛めてこの塚に詣でた。西来院の潙翁《いおう》禅師に頼んで、読経供養を営んだ。そして塚の周りに百十株の椿を植えた。椿は年ごとに赤い花を咲かせ、それはあたかもお田鶴の方の無念を象徴するような血の色であった。

お田鶴の方の死を悲しんだ築山殿が、夫家康に殺害されたのは、お田鶴の方の死から十一年後の天正七年（一五七九）八月二十九日であった。今川氏出身の築山殿は、わが子信康が信長の娘を娶ることになったことが気に入らず、反信長の行動に出たことで、信長との同盟を重視する家康が、彼女と信康を殺害したものだった。椿の赤い花はお田鶴の方を不憫に思う築山殿が惨殺された血の色ともなり、椿姫塚は不運な二人の怨念を物語る塚となったといえる。

そして『蛇塚由来記』に不思議な伝説が語られる。後に徳川二代将軍になる秀忠は浜松で生まれた。築山殿の死と秀忠の誕生は同じ天正七年である。ただ秀忠の誕生日は四月七日なので、築山殿の死よりも四カ月余り早い。

秀忠の生母は側室の西郷局《さいごうのつぼね》である。その産室に白い怪物が現われる。それは白蛇だった。詰番の士三人が退治しようと刀を振るい秀忠母子を守ったが、白蛇に噛みつかれて毒がまわり死んだ。他の士たちが白蛇を追跡して、至ったのが椿姫塚であった。士たちは大石を投げて白蛇を殺した。

だが白蛇の祟《たた》りからか、秀忠母子や侍女たちが熱病にかかる。家康が呪術をつかさどる神祇官を呼んで占わせると、「塚の精なれば謹み給え」と卦に出た。そこで椿姫塚を清めて祭祀を行なうと、秀忠母子は奇跡的に回復した。

伝説はおそらく、お田鶴の方の怨霊とやがて殺される築山殿の生き霊のなせる業《わざ》といいたかったのであろう。この後、椿姫塚にはたくさんの蛇が棲みつくようになって、蛇塚とも呼ばれるようになったという。

引馬城に籠城して、家康に立ち向かったお田鶴の方は、史実も曖昧な部分が多く、伝説と混じり合って今日に伝わっているのである。

第2章　井伊直虎と敵対した女城主たち

3　寿桂尼（駿府今川館・静岡市）

今川氏を隆盛に導いた公家出身の女戦国大名

◉公家ながら武家に馴染み、「駿府の尼御台」と呼ばれる

直虎をはじめとして井伊氏を痛めつけた戦国大名の今川氏にも、才知にたけた女性がいた。彼女は「駿府の尼御台《あまみだい》」と呼ばれ、女城主の枠を遥かに超えた戦国大名として辣腕を振るい、今川氏の黄金期を築いた。

彼女は井伊直虎が生まれた時、すでに今川氏に嫁いでおり、直虎が今川氏真に屈して徳政令を発布し、地頭職を解任された年に死んだ。氏真は彼女の孫にあたる。

その女戦国大名と呼ばれる彼女の名は寿桂尼《じゅけいに》。今川七代の氏親《うじちか》の妻（正室）である。実家は藤原北家勧修寺《かじゅうじ》流の一つ、坊城《ぼうじょう》家より分かれた中御門《なかみかど》家で、父は宣胤《のぶたね》といい、公家としては中級の家柄だった。

結婚は永正五年（一五〇八）、氏親が三十八歳で、寿桂尼は二十歳ぐらいとされる

が、氏親はこの時、二歳若い三十六歳だったとするもの、また結婚がこれより三年早い永正二年だったという説もある。

本来なら、公家の息女が武家に嫁ぐことなど考えられなかった。しかし乱世の戦国期、天皇の権威は失墜し、京都の公家は所領を武家に横領されるなどして貧しかった。武田信玄に嫁いだ三条公頼《きんより》の息女（三条夫人）もそうだが、経済的に豊かな地方の有力大名に娘を嫁がせたり、大名の娘を妻に迎えて、経済的な安定を得る公家が目を引くようになる。寿桂尼の結婚にもそうした背景があった。

今川館跡（駿府城の地中に眠るとされる。背後の高層ビルは静岡県庁。）

そんな中、氏親には京都への憧れがあった。しかも彼の姉は、正二位内大臣にまでなった正親町《おおぎまち》三条実望《さねもち》に嫁いでいた。また曾祖父の範政は歌人としてかつて中御門家と交流があり、氏親自身も三条西実隆《さねたか》から和歌の指導を受けるなど、公家文化に親しんでいた。

当時、氏親は足利一門の英主として京都で知れ渡っており、氏親と寿桂尼の結婚は、両家相愛の縁組だったといえる。

良縁だったこともあって、寿桂尼は武家に嫁いで、その武門の家風によくなじみ、公家社会で身に付けた高い教養を活かして、彼女は武家の女以上に武家の妻として、また武人の母らしい生き方をした。

◉夫の氏親、北条早雲に助けられ版図拡大

夫氏親の父は義忠、母は北川殿である。応仁文明の乱の際、義忠は東軍の細川勝元の求めに応じて一千騎を率いて参戦し、花の御所（足利将軍家の邸宅・室町殿）を警護した。この京都で義忠が見初めたのが北川殿であった。

『今川家譜』は「義忠の御前は、京都の侍所、伊勢守殿姪にて、伊勢が備中守盛時の息女なり。後に北川殿とは是なり」という。

この北川殿の結婚は九年で潰えた。なぜなら今川家はかつて隣国の遠江の守護もつとめたことがあったが、足利幕府の意向で斯波氏の支配地になっていた。その遠江を武力で奪還しようと、義忠は文明八年（一四七六）二月に東遠江に攻め込み、勝間田、横地の国人衆を掃討した帰路、塩買坂《しようかいざか》（静岡県菊川市）で、残党たちの夜襲に遭い、流れ矢によって四十一歳で絶命した。

この時、龍王丸とよばれた氏親はまだ六歳に過ぎなかった。そこで義忠の従弟の小鹿五郎範満《のりみつ》が跡目をねらい、重臣は真っ二つに割れた。京都育ちで武門のいざこざと

縁遠い存在だった北川殿は、恐怖を感じて今川館を去り、山西（静岡県焼津市）の法《ほう》栄《えい》長者のもとに龍王丸と隠れ住んだ。

ここに登場するのが北川殿の弟・北条早雲（自らは早雲庵宗瑞《そうずい》と名乗る）で、『今川家譜』に「此時北川殿弟伊勢新九郎入道早雲、伊勢より弓箭《きゅうせん》（弓矢のこと）修業に関東に下りける折節、駿河の乱中に参会。急ぎ娣君《いもうとぎみ》（本当は姉）の隠れて有りし山西に来る」とある。

『今川記』には関東に武者修業に出た折、たまたま通りかかったように書いてあるが、実際は北川殿が助けを求めたものに違いない。

早雲の実像はいまだに年齢などはっきりせず、出自も従来、素浪人といわれてきたが、最近、室町幕府の政所執事《まんどころしつじ》である伊勢氏の一門で、足利義政の申次《もうしつぎ》（奏者）の伊勢盛定の息子・盛時であることが分かってきた。

早雲が駿河に来た時、流血寸前の雲行きだった。そこで早雲は、扇谷上杉定正によって遣わされた小鹿範満方の太田道灌と交渉し、龍王丸が成人するまで、範満（母が扇谷上杉の女）が後見して政務を執ることで事態が収拾された。

しかし和睦から十一年、龍王丸は成人したが、範満は政権を手放さず、和睦の相手方の道灌も死んでいたため、早雲は今川館を襲って範満を殺した。

ここに晴れて龍王丸は今川家を継いで、氏親と称した。氏親は自分を今川氏当主にしてくれた早雲に富士下方十二郷を与え、早雲は興国寺城（静岡県沼津市）を築いて城主になるとともに、氏親を全面的に支えた。

氏親の最大の目標は遠江で死んだ父義忠の無念を晴らすため、その父の望んだ遠江を奪い取り、その守護になることだった。

早雲は甥氏親の願いのままに、氏親の名代となって明応三年（一四九四）秋、東遠江に攻め込み、遠江守護の斯波義寛を次第に圧倒して、遠江中部も掌握した。そして西遠江に手を伸ばし、早雲は姫街道を通って、東三河までも攻めた。

氏親が寿桂尼と結婚したとされる永正五年は、氏親にとって大きな転機となった年である。氏親は北条早雲を頼りとした若い時代から脱却して、強い今川軍団を造り上げ、独力で遠江や三河で戦う自信がついてきた時期であった。しかも早雲もまた氏親から独立して伊豆や相模の攻略に力を注ぐようになる。

その上、氏親は足利将軍家の内訌につけ込んで、遠江守護に補任されることに成功した。これに従来の遠江守護だった斯波氏が怒ったのは当然である。斯波義寛の子の義達《よしたつ》は引馬城の大河内貞綱、井伊谷城の井伊直平と三者連合を結成して今川軍と対峙した。

戦いは永正七年から断続的に続き、ついに三年後の三月、氏親が最も信頼する朝比《あさひ》奈《な》泰以《やすもち》が井伊氏の三岳城を陥落させ、井伊氏を屈服させた。

さらに永正十四年（一五一七）八月、引馬城を攻めた。この戦いで氏親は、増水した天龍川に数百艘の舟を大綱でつなぎ船橋を造ってやすやすと軍を進め、攻城に安部金山の金掘《かなほり》を動員して城中すべての筒井の水を絶つなど、優れた采配を見せた。ここに引馬城は落ち、大河内貞綱は討ち死にする。斯波義達は捕らえられたが、足利の同じ一門であることから命を救われ、出家させられて尾張に追いやられた。

ここに氏親は名実ともに遠江を掌握して、検地を実施し、農民をも直接掌握して戦国大名への脱皮を図った。

◉寿桂尼の俗名は不明、南殿・大方殿とも呼ばれる

ところで寿桂尼とは氏親が死んで出家してからの名である。彼女の俗名は伝わらない。久保田昌希著『戦国大名今川氏と領国支配』によれば「史料上は南殿、北御方、長勝院、じゅけい、大方などと記されている」とある。

南殿というのは、氏親の母の北川殿が北の方と呼ばれ、北の館に住んでいたのに対し、若い時は南の館に住んで南殿と呼ばれたのであろう。しかし北川殿が亡くなって、北御方と呼ばれ、さらに今川の女主人として、尊敬をこめて大方殿（大方様）と呼ばれるのである。

寿桂尼は氏親との間に五人の子供がいたと『今川家譜』は記す。男の子は二人で嫡

子の氏輝は永正十年（一五一三）に生まれ、十四歳で父の死により家督を相続した。さらに、後に義元を名乗る梅岳承芳《せんがくじょうほう》（永正十六年生まれ）である。ただ『今川家譜』から洩れてはいるが。二男の彦五郎も寿桂尼が産んだ子と思われる。

娘は三人で、長女（瑞渓院）は姑の北川殿と夫の願いによって、北条早雲の孫の氏康と縁組して小田原に嫁いだ。その妹二人は今川一門の関口氏広と、家人の牟礼郷右衛門の妻になっている。

また氏親は三十八歳と寿桂尼との結婚は晩《おそ》かっただけに、すでにそれ以前から妻がいた。寿桂尼が正室で今川館に入ってくると、彼女らは側室として留まった。また新たな側室もできた。

その側室の一人に今川家臣の福島安房守の娘がおり、玄広恵探《げんこうえたん》を産んだ。玄広恵探は梅岳承芳より二つ年上の永正十四年生まれだった。この他にも泉湧寺・唐招提寺の長老もつとめた名僧・象耳泉奘《しょうにせんしょう》（永正十五年生まれ）、さらに氏豊（尾張那古野城主）も側室が産んだ息子だった。氏親には寿桂尼がもうけた息子三人以外に、側室が産んだ息子も三人いたのである。また娘も一説によれば七人いたといわれる。

駿府に嫁ぎ、寿桂尼が名門今川氏の正室となったことで、実家の中御門家は大いに潤ったであろう。そして父宣胤と頻繁に手紙をやり取りし、駿河の名産品など珍しいものを贈り、夫氏親も黄金を贈るなどの気遣いをみせている。そんななか寿桂尼の兄弟や甥、また妹が駿府にやって来て、寿桂尼を喜ばせた。

また寿桂尼が取り持って永正十五年（一五一八）には十六歳になる姪を掛川城主の朝比奈泰能《やすよし》に嫁がせ、実家と今川氏の絆をさらに強固なものにしている。

◉中風の夫を看病、政務もこなし仮名目録にも関与

寿桂尼が夫と睦まじく暮らした時期は八年ほどと短かった。それは氏親が病に倒れ、長患いをしたからだ。

連歌師・宗長《そうちょう》は氏康に連歌や古典を指導し、時に講和の使者にも立った人物だが、その『宗長手記』に「喬山《きょうざん》（氏親のこと）も十ヶ年先より御心も御中風気《げ》につきて、御成敗《ごせいばい》（執務）の様も、調儀《ちょうぎ》（策略）の御思案も、いかにぞやと、承《うけたまわり》及候《およびそうろう》」（『宗長日記』岩波文庫）とある。

氏親は大永六年（一五二六）六月二十三日に五十六歳（五十四歳説も）で他界したが、晩年の十年間は中風を患って床に伏していたことが『宗長手記』で分かる。十年間、寿桂尼は看病に明け暮れていたのだ。

しかしこうした試練の中で、寿桂尼は武人の妻として武家社会に馴染み、夫に代わって政務を見るようになった。

寿桂尼の発給した文書に、真名書き（漢字書き）もあるが、仮名まじりのものが多

い。そこには「歸」（「帰」の旧字）の印章が朱印で押されていた。その印章は縦横三センチの正方形だった。

この「歸」は〝き〟と読まずに、〝とつぐ〟と読ませる。印章の「歸」には戦前に提唱された学説がある。

嫁ぐ娘に父の中御門宣胤はこの印章を与えたのだ。低い身分の武家へ、しかも京都から遠い駿府に嫁ぐ娘への父のいとおしさはひとしおだった。父は娘にいう。「夫も妻の意見に動かされることがある。内助の功によって今川家を守り、そなたはいつの日にか、きっと夫とともにこの京に帰ってくるのだ。もしそれが叶わぬ夢ならば、中御門家の血を引く者（息子）に、この志を継がせるのだ」

「歸」は、この父の想いを形にして、嫁ぐ娘に与えたものであった。

寿桂尼は三男二女の長女である。ちなみに妹は山科言綱に嫁いでいる。父の長女を想う気持ちは格別だったのだ。

夫の長患いという思わぬ事態にもひるまず、寿桂尼は奥から政庁に出仕し、夫に代わって大名としての政務をこなす。

ここに戦国今川氏を語るにおいて、忘れられない一事業がある。それは「今川仮名目録」である。

東国で制定された最古の戦国大名の分国法で、三十三条からなる。この分国法は武田信玄の「甲州法度之次第」など、あとに続く東国大名の法制に強い影響を与えた。これは今川氏が中央政権の足利幕府のもとに任命された守護大名から脱却し、検地によって直接農民を支配するとともに、今川独自の法律を公布して戦国大名となったことを示す、極めて重要な事業であった。

仮名目録は時代とともに変わる事態に、現実的な対応をしようとする姿勢が見られる一方で、主従関係の恩と奉公が強調されている。また被官の知行地売買や他国人との通婚の禁止などが規定されている。

この仮名目録でことに注目されるのは制定した日にちである。つまり大永六年（一五二六）四月十四日、それは氏親の死亡した六月二十三日からわずか二カ月余り前である。おそらく寝たきりになっていたに違いない氏親が、この法を立案し制定するのは無理であることは自明の理であろう。

しかも仮名まじりの文であることを考えると、氏親の朱印が押されているものの、これを主導し、発給したのは寿桂尼であったと考えて当然であろう。まさに公家の娘として培った教養が、この仮名目録の成立に大きく貢献し、彼女は家臣から尊敬される存在になったといえる。

◉少年大名氏輝を後見し、太原崇孚を取り立てる

そして氏親が死んだ時、家督を継いだわが子の氏輝はまだ十四歳で、今川氏を差配できる力はまだ備わっていない。そこでまだ四十歳前、三十代後半であったであろう寿桂尼が、氏輝を後見したのである。

ところで、彼女は夫氏親の死によって剃髪し、この時から寿桂尼と呼ばれるのであるが、俗名が不明なため、この著では、これまでも寿桂尼で通してきたことを断っておきたい。

その氏輝を後見した寿桂尼が、まずしたことは氏親の伝記を作ることであった。『今川記（別称・富麓記）』は、今川氏の伝記は、初代範国より以来、皆他界して中陰《ちゅう いん》（四十九日）の内に、雨が降れば、これを硯水《けんすい》にして、墨をすり、亡き父一代の伝を書いてきたと述べる。

しかし氏親の伝記は、氏輝ではなく、寿桂尼が所望し、太原崇孚《たいげんすうふ》（雪斎《せっさい》）が一冊にまとめたと記される。氏輝がまだ少年だったこともあろうが、すでに彼女が今川氏を掌握し、強い力を持っていたことを物語るものである。

崇孚はこの後、寿桂尼が最も信頼する人物として飛翔し、今川氏を隆盛に導く黒衣の軍師となり、政治を主導する。彼は今川氏の重臣・庵原《いはらさ》左衛門尉《えもんのじょう》の子として明応五年（一四九六）に生まれたというから、亡き氏親より二十三歳年下、寿桂尼とは五歳前後年下だったと思われる。

崇孚は十四歳で剃髪し、京都の建仁寺で修行した。二十七歳の時だった。氏親から寿桂尼が産んだ五男（側室の子を含む）の教育を頼まれた。そこで帰国、今泉（静岡県富士市）の善得寺（善徳寺とも）に伴い、一対一の修行をして出家させ、栴岳承芳と名乗らせた。

やがて崇孚は承芳を伴って京都に出て、曹洞禅を学ばせる一方で、文武の学問を身につけさせ、多くの人間と交流させた。京都での承芳の修行はおそらく寿桂尼の希望であり、実家の中御門家が応援して、承芳は数々の公家や知識人と知り合うのだ。寿桂尼はこうした中で、京都で力いっぱい知識を詰め込んだ崇孚と気心を通じあい、腹心として重用するようになる。

ただ氏輝を後見し、寿桂尼が政務を執るようになった時、崇孚はまだ京都にいた。寿桂尼の「歸」の印章を持つ文書が最も多いのは、氏輝が家督を継いでから二年の間である。

その判物（文書）の特徴は「増善寺殿《ぞうぜんじでん》（氏親の法号）の遺言にまかせて文を渡し申す。ただし御館（氏輝）の親政になった時はそれに従うべし」と記されていることである。

つまり寿桂尼は寺領安堵などの判物では夫氏親の遺志を継いで発給し、わが子氏輝が一人前になった際は、その氏輝の意向に従うように認《したた》めているのだ。

当時、夫が死んで後家となった正室には、二つの大きな役割があった。それは夫の菩提を弔うことと、後継ぎを立派に養育することであった。たとえ自分に子がなくても、家のために側室が産んだ子や養子とした子を立派に育てることが正室の責務であった。

まさに寿桂尼は正室としての役割を見事に果たしていることが、この判物から判明する。彼女は夫の菩提を弔って、その夫の事績を判物に反映させ、今川の名に恥じない後継ぎに氏輝を養育して、きちんとした政治を行なえる人物に育った時点で、それを息子が精査することを、文面の中にはっきり明示しているからである。

氏輝は寿桂尼の薫陶もあって、彼女の御眼鏡にかなった後継ぎになった。ただし病弱な面があったとみえて、その時は寿桂尼が代行した。

氏輝の時代、遠江は比較的安定していたが、駿河は富士川以東（河東）が不安定だった。小田原の北条氏綱には妹が嫁いでいることもあり、友好関係にあったが、甲斐から武田信虎が攻め込み、北条氏の応援を得て、これを何とか切り抜けたものの、安心はできなかった。

◉氏輝が突然死、花倉の乱を制し義元が後継者に

そんな氏輝が、家督を継いでたった十年、同盟関係にある小田原城での北条氏綱主

催の歌会に出席し帰国して間もなく、二十四歳の若さで急逝した。寿桂尼の驚き、落胆はいかばかりだったであろう。

この氏輝の死には不審な点がある。弟の彦五郎が同時に死んでいるからである。武田氏史料の『高白斎記』は天文五年（一五三六）の項に「三月十四日（正しくは十七日）今川氏照《（輝）》、同彦五郎同時に死す」と記し、他史料にも同様な記述がある。兄弟が同時に死ぬとすれば、狂暴な伝染病が考えられるが、当時伝染病が流行していたという記録はない。そうなると何か凶事が起きたことが考えられるが、史料は何も伝えず、大きな謎となってきた。

そして氏輝の死を、寿桂尼は気丈に乗り越えていくのだ。彼女が産んだ息子は三人。だが氏輝と彦五郎が死んだ。残るは梅岳承芳のみである。承芳はちょうど善得寺に崇孚とともにいた。それは河東の不穏な状況から、あえて氏輝は二人を善得寺に京都から呼び寄せ、東の守りに据えていたのである。

寿桂尼は直ぐに承芳を崇孚とともに駿府の今川館に呼び寄せた。時に承芳十八歳、崇孚は四十一歳であった。彼女には大いなる不安があった。夫氏親が今川家を相続するまでの内紛を詳細にその夫から聞き及んでいた。

氏輝だけでなく、二男彦五郎まで死んだことで内紛は必至と見たのだ。なぜなら三男は側室の福島左衛門尉の娘が産んだ玄広恵探であり、また別の側室がもうけた象耳泉奘（母の名不明）が四男にいて、わが子の梅岳承芳は五男であった。そのいずれの三人もが僧籍に身を置いていた。

象耳泉奘は動かなかったが、寿桂尼が心配したように玄広恵探が家督争いに名乗りを上げる気配をみせた。

そこで急ぎ京都に顔が広い崇孚が手を回した。これが功を奏し、将軍の足利義晴から梅岳承芳が今川家の家督相続を認められた。しかも将軍の一字をもらい「義元」の諱《いみな》ももらう。これとほぼ同じ時期の天文五年四月二十七日に、玄広恵探は花倉（花蔵とも）の地で「今川の家督を継ぐ者は我なり」と立った。

「花倉の乱」のはじまりである。

花倉は現在の静岡県藤枝市にあり、今川氏の初代範国《のりくに》が駿河支配の最初の拠点にした地で、この後に駿府に移った。ここに今川氏の氏寺・遍照光寺があり、恵探はこの寺で修行し、福島氏に担がれて挙兵したのだ。

今川氏の頂点に君臨していた寿桂尼は、できるなら戦いはしたくなかった。だが相手に家督を譲る気持ちも毛頭ない。彼女はすでに将軍から承芳が義元の諱まで得て、今川の家督相続を許されたことを、証拠の御判物である重書を携えて福島氏の屋敷に乗り込み、説得にあたったが不首尾に終わった。

恵探一派は久能山から今川館を襲うが失敗した。この時、寿桂尼の要望によって、采配をとったのが太原崇孚であった。「速やかに良真《よしざね》（恵探のこと）を討つべし」と、崇孚は相手の態勢が整わないうちに、花倉へ兵を進めた。

今川家臣では寿桂尼の威に伏する者が多く、恵探に味方する者は、庇護者の福島氏とわずかな支持者で、その兵は多くなかった。

恵探らははじめ遍照光寺にいた。コの字形に高さ五十メートルの丘陵に囲まれ、堀切もあり、寺の上に遍照光寺城もあったからだ。だが敵襲により守りの堅い近くの花倉城に移って、崇孚の軍勢を迎え討つ作戦に変更したものの、恵探と福島勢は支えきれなかった。城を放棄して山を越え、瀬戸谷に逃れるが勝ち目はなく、六月十四日、恵探の反乱はあっけなく自害によって幕を閉じた。

◉敵対していた武田氏に、寿桂尼が公家の姫を妻として紹介

ここに義元は今川九代の当主となる。その義元を寿桂尼と崇孚が補佐した。

誕生した義元政権で、大きな転換がなされたことが注目される。それは敵対関係にあった甲斐の武田信虎との和解である。崇孚の方針と思われるが、おそらく寿桂尼の意向も強く働いたと思われる事実がある。

『甲陽軍鑑』に驚くべきこんな記述があるからだ。

「駿河今川義元公御肝入《きもいり》にて、勝千世殿十六歳の三月吉日に御元服ありて、信濃守大《だい》

膳大夫晴信《ぜんのだいぶはるのぶ》（信玄）と、忝《かたじけなく》も禁中より勅使として転法輪三条殿甲府へ下向し給ふ。則《すなわち》勅命をもつて三条殿姫君を晴信へとて、其年の七月御輿入《こしいれ》なり」

つまり氏輝が死に、花倉の乱が起こっている真っ最中、敵対していた武田信虎の息子晴信（信玄）が元服し、わざわざ宮中から祝いの勅使が派遣され、正室に三条公頼《きんより》の姫君を迎えたが、これはすべて今川義元の世話によるものだというのである。

河東に武田軍が侵攻して以来、善得寺に承芳といた崇孚が、外交手腕を発揮して友好関係を築く努力をしていた。

その友好の証が、寿桂尼が間に入って朝廷と武田氏の仲を取り持ち、晴信の妻を公家の三条家から迎える工作をし、これに成功したことだった。実は『甲陽軍鑑』に「今川義元の肝入」とあるのは、「寿桂尼の肝入」だったのである。

こうした経過の中で、氏輝が突然に死に、花倉の乱が起きた。この乱に乗じて信虎が駿河に攻め込まないとする密約も、この寿桂尼の工作の成功によって、すんなりできたと思われる。

よって花倉の乱を、外部からの侵略を心配することなく戦えたのだ。そして恵探が自害した翌七月に、三条家の姫君は無事、甲府に嫁いだのである。

この事実が今川と武田の距離をぐっと縮めた。翌天文六年（一五三七）二月十日、信虎の長女（定恵院殿）を義元は正室に迎えた。二人は同い年の十九歳だった。

だが、この結婚は今川氏と蜜月関係にあった北条氏を怒らせた。北条氏は武田氏と敵対関係にあった。北条氏はただちに駿河に攻め込み河東の富士郡と駿河郡を占領した。ここに河東一乱《かわとういちらん》と呼ばれる争乱が今川と北条の間で十年近くも続くことになる。

それでも武田との結びつきを維持し、信玄によって信虎が追放されると、信虎を引き取る。そして定恵院殿が天文十九年（一五五〇）に嫡男氏真と娘二人を産んで病没すると、信玄の嫡子・義信に定恵院殿がもうけた娘を嫁がせた。

やがて崇孚が主導して甲相駿《こうそうすん》同盟を成立させ、今川、武田、北条の和睦が成立し、河東一乱に終止符がうたれ、侵略された土地も戻ってきた。

ここに北条氏による東からの脅威も解消され、崇孚を軍師とする義元は三河に進攻する。とくに三河安祥城（愛知県安城市）の戦いで、崇孚は敵将の織田信広（信長の庶兄）を生け捕りにして、当時織田家の人質になっていた幼い徳川家康と交換した采配は見事だった。しかも義元・崇孚コンビで、三河を完全に領国化し、尾張へ進出する機会をうかがった。

◉駿府に栄華の春、だが桶狭間での義元敗死でしぼむ

駿府は黄金期を迎えていた。公家出身の寿桂尼に、京都で修行し多くの知人を得た崇孚と義元。三人は都人の香りを愛し、その文化を駿府に持ち込む。公家や知識人、

また名だたる僧侶などが大挙訪れた。歌会が催され、女房狂言まで演じられた。寿桂尼が自ら主催して酒宴も開かれた。市街も賑わって、駿府は京にも劣らぬ華やかな都となった。

それは寿桂尼が夢に描いたものであり、まさに満足のゆくものであった。その彼女の胸に去来するのは「今川・吉良両家は足利殿の御跡を相続すべき家なり」と伝えられる金言であり、今川氏は吉良氏と並び、足利一門の中で最も家格が高かった。しかも吉良氏は振るわなかった。今川こそ足利将軍家を支える一番の柱だと寿桂尼は自負するにつけ、よみがえるのは、亡き父・中御門宣胤（大永五年、八十四歳で死去）が「歸」の印章に添えて語った「夫が不可能なら息子に上洛してほしい」との言葉だった。

寿桂尼はその亡き父の言葉を義元に伝えた。母想いの義元はその言葉を肝に命じ、いつか上洛を果たしたいと心に念じた。崇孚もまた寿桂尼の願いを出来ればかなえたいと思っていたであろう。

崇孚・義元コンビは尾張の要だった織田信秀（信長の父）死後の織田家の混乱に乗じて、尾張に勢力を浸透させていった。

この間、寿桂尼の支援のもと、崇孚は氏輝の菩提寺として臨済寺を開き、清見寺や善得寺の住持も歴任して精力的に活躍してきたが、弘治元年（一五五五）十月十日、六十歳で他界し、これを境に今川氏に翳りが見えはじめる。

そして運命の永禄三年（一五六〇）がやって来る。義元は領国化した三河を安定させるためには、隣国の尾張を制圧することが重要だと認識していた。また尾張を攻め取れば、美濃、近江への道が開け、母の願いを成就させる夢に一歩近づける。そう思う義元は尾張を手に入れる行動に出た。

永禄三年の五月八日、義元は直前に三河守に任じられ、爽快な気分で駿府を進発した。すでに遠江の井伊氏や飯尾氏など、今川に従う国人領主が率いる先発隊は尾張の国境へと進んでいた。十八日には義元は尾張沓掛城に陣する。

時に尾張では調略などによって鳴海城と大高城（ともに名古屋市緑区）などが今川の城となり、今川譜代の家臣が守備していた。

義元率いる軍勢は二万五千。沓掛で軍評定を決め、各武将の部署を再確認して散り、松平元康（徳川家康）は大高城に兵糧を運び入れる任に当たった。義元がどこに向かおうとしていたか、今も謎だがおそらく大高城に入ろうとしていたのであろう。

翌十九日朝、沓掛を出発した直後、義元は落馬し、塗輿《ぬりこし》に乗り換えたといわれる。桶狭間に差しかかった時、織田方の丸根砦を元康が、そして鷲津砦を朝比奈泰能《やすよし》が落としたとの知らせが入る。また別の戦いで討ち取った首が三つ届いた。「余の旗の向かうところ、鬼神もまたこれを避ける」と義元はご満悦で、そこで昼の弁当を使うことになった。隊列は長く伸びきって休憩した。近所の寺社方から祝い酒がもたらされ、家臣にも呑むように義元は勧めた。

するど突然、黒雲が湧いて颪をともなって夕立が来た。雨はすぐに上がった。午後二時、空はすでに晴れていた。そこにけたたましく軍馬の響きと銃声が轟きわたった。何が起きたのか一瞬分からなかった。

だが敵襲と分かった時には遅かった。織田信長二千の兵が義元をねらって鉄砲を撃ちかけながら突撃してきたのだ。義元は刀を抜いて突きかかってきた服部小平太の槍を切り折り、さらに相手の膝口を割る力戦をした。しかし助っ人に入った毛利新助に首を取られた。その際、相手が口に突っ込んできた左の指を食いちぎって、義元は果てたという。主君義元の戦死に動揺して、諸士も多く討たれて今川軍は壊滅した。

その知らせは早馬で駿府にもたらされた。ゆめゆめ義元の戦死、今川軍の敗北を想定していなかった寿桂尼は衝撃に崩れ折れ、今川館は大混乱に陥った。

駿河・遠江の諸将は当然、後継ぎの氏真は織田信長に復讐戦を挑むと思った。だが氏真は動かなかった。氏真は京文化にどっぷりつかり、蹴鞠や遊興に溺れ、歌会を愛する軟弱な当主で、戦うことなど出来ない跡取りだった。

「なんという意気地なし」

すでに七十歳を過ぎていた寿桂尼は嘆いた。だが孫に武将としての鍛錬を疎かにさせた自分に気づく。なんとか氏真を支え今川家を維持しなければならなかった。寿桂尼は必死になる。だが氏真の認識は甘く、しかも彼女は気力も体力も弱りはじめており、神仏の助けを借りて、氏真の今川氏を守ろうという考えに至る。

◉寿桂尼の遺言「死んでも鬼門を守る」

永禄七年（一五六四）十二月の遠江の神社への朱印状が、寿桂尼最後の判物となるが、それは一反の祭田を寄進し、国家安泰と武運長久を願うもので、ここからは今川氏とその領国の安定を必死に神頼みする、老いた寿桂尼の姿が浮かび上がる。

そして寿桂尼は今川館から五キロ離れた沓谷《くつのや》（沓屋とも）の龍雲寺を隠居所にして住むことにする。ここはちょうど今川館の東北、つまり鬼門にあたる。今川に憑りつこうとする魔を、自ら体を張って阻止するためであった。

龍雲寺に氏親が七堂伽藍をつくっていた。寿桂尼は氏親の墓のある大寺・増善寺から、仙翁宗滴を招いて中興開山とし、ひたすら今川氏の安泰を祈り続けた。よって最晩年、彼女は「龍雲寺殿」とか「沓谷の大方」と呼ばれた。

こうした中で武田信玄は虎視眈々と駿河をねらい、徳川家康は三河を分捕った後、遠江を侵そうとしていた。だが信玄は恩ある寿桂尼が目の黒いうちは、駿河に手を出すのをためらった。家康は信玄の動きをうかがっていた。

その寿桂尼が永禄十一年（一五六八）三月二十四日に沓谷で身罷《みまか》った。享年は八十歳前後と思われる。彼女は死に臨んで、死後も今川氏を守護するのだと遺言して、この鬼門の寺に墓を築かせた。

しかし寿桂尼の死は弱体化した家臣団を動揺させ、信玄と家康は今川領への侵略を相談、大井川の東は武田、西は徳川がもらうという密約を取り交わした。

信玄はその年の十二月十二日、大軍をもって甲斐・駿河の国境を越え、翌日十三日には駿府に乱入した。

死後も今川氏を守る――今川館の鬼門に位置する龍雲寺にある寿桂尼の墓

皮肉なことに、鬼門を守るといって寿桂尼が自らの墓をつくらせた龍雲寺の方角から武田軍は駿府に攻め込んだ。今川館の方を向いて建っていた寿桂尼の墓は破棄され、寺には火が放たれた。仙翁和尚は殺されたのであろう、命日が十二月十三日になっている。

氏真はなす術《すべ》なく駿府を放棄して、遠江の朝比奈氏が守備する掛川城に逃げ込んだ。だが家康に攻められて半年後に、氏真は船で妻の実家・北条氏に落ち延び、今川氏は滅亡した。

破壊された寿桂尼の墓は修復されたが、昭和になって山が崩れ、再び壊れ、墓石も割れた。それで石を寄せ集めてコンクリートを使って直した。

山の中腹、ミカン畑の中にある寿桂尼の墓は、いまは今川館の方向を向いていない。墓はモチの大木の下に悲しそうに佇んでいる。

4 妙印尼（金山城・群馬県太田市）

籠城戦を指揮して北条軍を圧倒した女傑

◉才知に長け、体もしなやかな七十一歳

妙印尼《みょういんに》は七十一歳にして老いを知らず、才知と勇気があり、しかも武術によって鍛えた体はしなやかであった。それにも増して時代を読む感性に長けていた。東上野《ひがしこうずけ》（群馬県東部）の盟主となった由良成繁《ゆらなりしげ》の妻だったが、その夫は六年前に七十三歳で死んだ。彼女は出家して妙印尼と号し、隠居の身だった。しかし家督を継いだ嫡男、他家を相続した二男と、ともに不甲斐ない息子たちに代わって、天正十二年（一五八四）、北条氏を敵に回した籠城戦の総指揮を執ることになったのだ。

その妙印尼は俗名を輝子といい、館林城（群馬県館林市）の城主・赤井重秀《あかいしげひで》の娘で、金山城《かなやま》（同太田市）の由良成繁に嫁いだ。

由良氏は従来、横瀬《よこせ》氏を名乗り、出自は新田《にった》氏と称してきた。現在、金山城の本丸

跡には南北朝悲運の武将・新田義貞《よしさだ》を祀る新田神社がある。『由良家伝記』の「新田別称由良系図」などは、系図を義貞につなげ、その嫡流として権勢を誇示してきた。ところが世良田《せらた》長楽寺《ちょうらくじ》の住職、松陰軒西堂《しょういんけんせいどう》著『松陰私語』では、横瀬氏は新田氏と関係なく、武蔵七党の一つ、猪俣党《いのまたとう》から起きた武士としており、こちらの方が正しいと思われ、新田義貞の嫡流には疑問がある。

その横瀬氏が由良氏となったのは、足利十三代将軍義輝《よしてる》の命令による。成繁は天文二十二年（一五五三）六月に義輝に鷹を献じ、名刀を賜った。そして十一年後の永禄七年（一五六四）三月に、義輝は成繁を供衆に加えて刑部大輔《ぎょうぶたいふ》に任じるとともに、由良姓を与えたのだった。

出自が新田氏なのは疑問だが、横瀬・由良氏中興の祖とされる成繁の活躍には著しいものがあり、将軍義輝の信任を得たのも当然といえた。由良（横瀬）氏はもともと上杉管領の配下にあったが、上杉憲政が北条氏に敗北して越後に逃れ、長尾《ながお》景虎《かげとら》に上杉家を譲って、景虎が上杉謙信《けんしん》を名乗って関東に進出してくる。しかし成繁はこの権限委譲を不快とし、若き謙信に我慢ならなかった。そこで古河公方《こがくぼう》に属して謙信と敵対した。

成繁は金山城に迫る謙信軍を二度までも撃退した。また桐生《きりゅう》城（群馬県桐生市）を攻略して下野に進出し、二男の顕長《あきなが》を足利城主の長尾政長の養子とすることに成功して、足利・邑楽《おうら》両郡（現在は栃木・群馬両県にまたがる）を支配下に治め、強豪の北条・上杉・武田の三勢力に囲まれた中で、両毛の地をしっかりと押さえた。

はじめ由良氏は二万石程度の領主だったが、成繁によって十万石規模に勢力を伸ばし、さらに顕長を長尾氏に入れることで、その領地を併合して二十万石の所領を得た。その実入りによって金山城を壮大な戦国要塞に改造した。

金山城跡の、戦勝祈願や雨乞いをした日の池。近年の発掘で出土し復元された。

金山城は国指定史跡で日本百名城にも選定され、標高二三九メートルの金山の山頂を中心とする実城《みじょう》と、北城（北の観音山）、西城（実城の南西・尾根続き）、八王子の砦（実城の南方）の四群からなり、太田谷（金龍寺谷）には城主の館や家臣の屋敷があり、城下町が形成されていた。特筆すべきは、戦国の関東地方の山城には本格的な石垣がないといわれてきたが、発掘調査でその定説が覆ったことだ。石垣は由良氏の後に入った北条氏によるものがほとんどとみられるが、そのしっかりした縄張りは成繁によって成されたものである。この広大で強固な城に拠って、妙印尼は思う存分に采配を振るうことになる。

妙印尼の戦いは状況認識が甘くて相手を洞察できない、わが息子二人の不始末から起こった。

◉愚かな息子二人、北条氏の罠にはまる

成繁は天正二年（一五七四）四月に金山城を嫡子・国繁《くにしげ》に任せて桐生城に隠退し、四年後の同六年六月二十九日に、七十三歳で病没した。篠原蔵人著『室町時代の太田地方　岩松氏と由良氏』によれば「成繁は文武の才を兼ね、攻めれば必ず取り、守れば厳として動かず、治めれば民心悦服すると云う人物」だったという。

輝子（妙印尼）は内助の功を発揮して成繁をよく支えた。子供も嫡子・国繁、二男・顕長、三男・繁勝《しげかつ》（後に繁詮《しげあき》）と三人の息子をもうけ、娘も二人産んだ。ことに二人の娘は注目に値する。長女は武蔵国の忍城《おし》（埼玉県行田市）の成田氏長《うじなが》に嫁ぎ、稀代の女武将・甲斐姫（豊臣秀吉の側室にもなる）を産んだ。だが氏長が北条氏についたことで実家と敵対関係になって離縁になり、甲斐姫を残したまま実家に帰っていた。この彼女も輝子、甲斐姫に劣らぬ武勇に長けた女だった。また二女は黒田官兵衛の異母弟の直之《なおゆき》と結婚した。黒田直之は官兵衛を支えて黒田八虎の一人に数えられる猛将であるとともに熱心なキリシタンで、彼女も夫と入信しマリアと呼ばれた。

成繁の死後、息子の国繁は金山・桐生の両城の城主として羽振りをきかせ、顕長も長尾氏の養子になって、館林城と足利城の二城を支配して、由良氏は隆盛を極めていた。だが三十五歳になる国繁と弟の顕長は、戦いには通じていたものの、戦国の世を見透かす器量、人の心を読みとる洞察力に欠けていた。

父成繁の死から六年が経った天正十二年（一五八四）正月、顕長は佐野城主の佐野宗綱の襲来を迎え討って、宗綱の首を取った。翌月、その国繁と顕長の兄弟に、小田原の北条氏政から勝利を賀し、同盟を結びたいとの使者が来る。北条氏と友好関係になれば、東上州で基盤が盤石になると兄弟は喜んだ。

『由良家伝記』によれば、厩橋城《まやばしじょう》（前橋城・群馬県前橋市）の茶屋に兄弟は接待されたという。国繁ははじめ顕長を足利に留めて自分だけが行こうとしたが、顕長は逆に自分が名代として行くといってきかず、そこで兄弟で一緒に行くことになった。国繁は十三騎を従え、顕長は三百余の人数を出して厩橋城に向かう。そして家臣と切り離されて、数寄屋に入った二人は大勢の兵に囲まれて、たちまち捕らえられたのである。

由良成繁の墓（桐生市鳳仙寺）

北条方は国繁に従っていた武者奉行の根岸長門守に対して「両将は人質にもらった。返してほしければ、ただちに金山と足利の両城を明け渡せ」と勧告し、兄弟を乗物にのせて小田原へ移送したのだった。

妙印尼はこの知らせを桐生城で聞く。由良氏と長尾氏の長《おさ》である息子兄弟が北条氏に拉致監禁されるという、まさに一族存亡の危機に、彼女は少しもあわてなかった。隠居していた桐生城から、ヒラリと身をひるがえして馬に飛び乗ると、墨染めの衣姿で、十二キロの道を駆け抜けて、本城の金山城に駆け込むと、「皆のもの、慌《あわ》てるでない。落ち着きなされよ」と一喝した。どこまでも沈着冷静で、並み居る家老以下の家臣を威圧して堂々たる態度をみせた。

それにしても愚かな息子二人だと歯ぎしりした。夫の遺訓がよみがえる。

「近隣の国主列侯より招かれることありても、両家一同が会《かい》することなかれ。酒宴・遊興・会席、出陣の首途《かどで》で一所に集まってはならぬと心得よ」

この父親の戒めをいとも簡単に破って、なぜ息子たちがのこのこと出かけていったのか、このことが無念でならなかった。

しかし、妙印尼は家門を重んじる戦国の女であった。人の命は家よりも軽い。由良氏を存続させることが第一義であり、そのためには息子の命が消えても止むを得えないと決心した。城を直ちに明け渡せという、北条氏の要求を拒否する。

金山城は妙印尼のもとに団結した。

北条氏直は叔父の北条氏邦を総指揮官として、二月十八日に利根川を渡り、まず由良氏方の支城を攻略、民家にも放火を繰り返し、由良氏支配の新田郡、長尾氏が治める邑楽郡を制圧して、総勢一万七千の兵は六月上旬、金山城に迫った。

妙印尼は伸張著しい豊臣秀吉に誼《よしみ》を通じ、この窮地を脱しようと使者を出し、北条氏の背後を突いてほしいと救援を願った。しかしこの時、秀吉自身が長久手の戦いで徳川家康・織田信雄の連合軍に敗れたばかりの時だっただけに断られた。

◉夫成繁の遺訓を胸に見事な采配

妙印尼は一門だけで戦うことを決断、一門筆頭の今泉城主・横瀬長繁・成高父子をはじめ諸城に散らばる味方をすべて金山城に召集し、総兵三千で籠城することとなった。

それは夫の成繁から金山城が難攻不落の山城であることを常々聞かされており、夫は遺訓としても残していた。

その遺訓はいう。「我が金山城は山上に池ありて飲水に渇《かつ》する事なく、四辺に林ありて採薪《さいしん》また乏《とぼし》からず。要害は渡良瀬川《わたらせがわ》を東北に抱へ、利根川《とねがわ》を南に受けたり、良無双の城たるべし。昔楠　正成《くすのきまさしげ》が立籠《たちこも》りし河内の千早城《ちはやじょう》は五徳相応の所と聞しが、当城是に劣るべからず。凡《およそ》関東八州の軍勢を引受ると云ども、守成堅固にして克防《こくぼう》に至ては、城下に敵を寄付けず。将の武略全く、兵糧矢玉尽きなば、仮に十年二十年籠城すとも容易にては落ちず」

そしてまた夫の声が聞こえてきた。「然《さ》り乍《なが》ら地形堅固を頼て、籠城を宗《むね》とせん心得は不覚なるべし」

妙印尼はその夫の遺訓を支えにして戦いを指揮したのである。

北条氏が執拗に迫ってくる息子二人と交換に城を明け渡せとの要求に、妙印尼は一門・重臣・弓鉄砲などの長を召集した。彼女は白ねりの絹衣の下に具足《ぐそく》を召し、大小の刀を佩《お》び、朱鞘《しゆざや》の長刀《なぎなた》を膝元に置いて、一同を見渡して、「われは国繁、顕長を捨てて、これよりは国繁の嫡子で十一歳になる新六郎貞繁を城主といたし、家中譜代の旧臣とともに城を枕に討ち死にしようと思う。近年、豊臣秀吉公が北条家退治をなされようとしていること承《うけたまわ》る。運よくばそれまで城を持ちこたえられれば、我らにも活路は開ける。ただし一門の内にも北条氏に志を通じる者がいよう。その者どもは遠慮なくこの座から退かれることを許す」と演説した。

一同は妙印尼の威に伏し、牛王宝印《ごおうほういん》をもって起請文を書き、主従が心を一つにして戦うことを誓い合った。

かくて北条の大軍が城を囲む。北条氏は「城を渡さねば、国繁、顕長を磔《はりつけ》にする」と大声で叫びながら、磔木を押し立てて城下《しろした》に迫った。

妙印尼はその敵の動きを城から凝視していた。幸い国繁、顕長は礫にされておらず、礫木だけであった。彼女はそこで大筒でもって礫木を吹き飛ばし、相手を粉砕する作戦に出た。

ただ籠城するだけでは展望は開けない。そこで田村加賀守という足軽大将に、くぬ木戸の戸張脇の木立が繁った場所に大筒を据えさせ、連続して三発を発射させた。砲弾は礫木を運ぶ兵士の頭《かしら》に命中して即死させ、周囲の兵たちにも怪我人が出る。恐れをなした敵は混乱して逃げはじめた。妙印尼はすかさず、門を開いて兵三百を出し、追跡を命じ、浮足立った敵を襲った。『由良家伝記』は「北条衆敗軍 仕《つかまつ》り候《そうろう》」と、見事な彼女の采配を褒め称える。

妙印尼は夜は篝火《かがりび》に照らされる広い城内を馬でめぐって兵士を激励し、金山城の士気はいたって高かった。城内には大池（約二十七メートル四方）、小池（約十四メートル四方）があり、龍が棲《す》むといわれて炎天が続いても枯れないことから、飲み水には困らず、食糧の備蓄も十分あって、将兵に余裕があった。

中条出羽という侍大将が足軽とともに金山城に攻め寄せ、采配を手にしてさらに人数を招くと、北条の兵たちが太田の町から大手前まで我先に走りより、城を破ろうとした。だが由良方はあせらず敵を十間（十八メートル）の距離まで引きつけると、太鼓を合図に方々の櫓から鉄砲で一斉砲撃した。敵がひるむところに、今度は歓声をあげて討って出て、逃げる兵を次々に討ち取った。中条出羽も六、七人の兵に囲まれて槍を合わせて戦い、あえなく討ち取られた。

北条軍は強固な山城を攻めあぐね、膠着状態となった。兵士の気が緩む。芸者を挙げ、乱舞に興じ、大酒を食らう陣営も出てきた。忍びの者がこれを復命した。金山城の後詰めをしていた桐生城代の藤生紀伊守は三百ばかりの兵に松明をもたせ、夜討ちをかけ小屋々々に火をかけた。そして逃げ遅れた兵を捕虜にし、武具や馬具を奪って大いに気を吐いた。

こうした妙印尼の積極策によって、北条軍は五百二十人の死傷者を出したのに対し、由良氏側の損害はわずか三十人に留まった。

そこで北条方は力攻めをあきらめて和睦による決着に踏み切る。すなわち由良氏の菩提寺である金龍寺と長尾氏菩提寺の長林寺の僧に和睦の仲介を依頼した。妙印尼にしても人質にとられた二人の息子が可愛くないはずがなかった。できれば無事に帰ってきてほしかった。妙印尼は和睦による解決を受け入れる。

交渉の結果、①国繁・顕長は帰国させる。②由良氏は金山城、長尾氏は館林城を開き、北条氏に渡す。③北条氏は占領した新田・邑楽両郡から撤退するなどを条件として、和睦が成立した。

ここに二人の息子は無事に帰ったが、金山城は北条氏に明け渡して、国繁は妙印尼とともに桐生城に引っ込み、顕長は館林城を失って足利城に入った。由良氏は金山城を失うという大きな犠牲を払ったが、妙印尼の見事な采配によって家名は存続し、なお上州で強い力を保持することができたのだった。

◉七十七歳で再び軍勢を率い豊臣軍に馳せ参じる

　それから六年の歳月が流れ、妙印尼は七十七歳になったが矍鑠《かくしゃく》としていた。秀吉は二十二万の大軍をもって北条氏を滅ぼすため、小田原城と関東・伊豆地方に広がる諸城を攻めた。

　北条氏に服従した国繁・顕長の兄弟は、北条氏の要請に応じてそれぞれ数百人を率いて小田原城に入った。

得月院の妙印尼の墓
（茨城県牛久市）

　しかし妙印尼はいまこそ北条氏を討ち破ろうとする秀吉に味方し、北条氏に金山城・館林城を奪われた無念を晴らそうとした。十七歳に成長した貞繁を押し立て、兵五百余を率い妙印尼は馬上の人となった。

　桐生城を出た妙印尼は西に進んで、碓氷峠を下りてくる前田利家、上杉景勝、真田昌幸らの北国勢を待ちうけてその傘下に属し、大道寺政繁が守る松井田城（群馬県安中市）攻めに加わった。一カ月の戦いの末に城を攻略する。この時に武功を立てたとして、妙印尼宛の前田利家の黒印状が今日に残る。

「新田身上の事、うへさま御まへ無別条《べつじようなき》やうに精をいれ、馳走《ちそう》申まいらせ候、我々たしかに請取《うけとり》申候、ゆくゆくまでも疎意あるましく候間可御心安候《おこころやすかるべくそうろう》、かしく

ちくせんの守　　　とし家（黒印）

（天正十八年）六月七日

新田御老母へ

まいる」

妙印尼を新田御老母とするのは、由良氏が新田氏を祖とすることからで、前田利家は妙印尼の活躍を褒め、豊臣秀吉に報告するので安心するよう、いたわりの書状を出したのである。

妙印尼はこの秀吉の北国勢と行動をともにし、北条氏の城を切り従えながら小田原に着陣した。そして秀吉に対面した。

『上野人物志』は「秀吉、大に感賞して曰く。子息両人は、父の遺言に背きて北条に一味し、籠城するところに、老女の身を以て、甲斐々々しき働き、古今其比を見ず。さすが貴族の末なりけり。さきごろ、松井田の働き、前田、上杉より委細に報告あって、深く満足せり。且《かつ》先年両息共に小田原の擒《とりこ》となりしに、金山桐生の両城を抱へた

る軍の始末聞き及び、驚き入りたる烈女なり。今や北条の滅亡近きにあり、追て忠賞の沙汰に及ぶべしと、夫人の面目何ぞ之《これ》に過ぎん」と述べる。

◉秀吉は息子兄弟の罪を赦し、妙印尼に五千四百余石

かくて北条氏は秀吉の前に屈服した。秀吉は本来なら切腹もおかしくない国繁・顕長の兄弟を、母妙印尼の願いに応えて許した。ただし関東は徳川家康に与えたため、桐生城と足利城は没収された。そして改めて妙印尼に常陸牛久（茨城県牛久市）に城を与え、五千四百三十五石を賜わった。

国繁は母と息子の働きで面目をほどこし、何とか牛久城の城主となる。だが弟の顕長は領地を没収されて浪人となった。ところで三男の繁勝だが、金山城を開城した直後に、京都に出たらしく、渡瀬繁詮《わたらせしげあき》と改名し秀吉に仕えた。そして妙印尼が軍功を認められて牛久の地を賜った際、遠江の横須賀城（静岡県掛川市）の城主に抜擢され三万石を食んだ。しかし関白秀次事件に連座して切腹を命じられた。しかも領地にあって高い年貢を設定し農民を苦しめるなど苛政が発覚して、息子の相続も認められず、渡瀬家は潰えた。

両親があまりにすぐれていたためであろうか、三人の息子たちは戦国の世を上手に渡り歩くことができなかった。

妙印尼にとって幸いといえたのは、三男の繁詮の切腹を知ることなく、この世を去ったことである。彼女は牛久に入ってからの晩年、金山城籠城戦や小田原参陣で死んだ将士の菩提を弔うため、七観音・八薬師の建立に精力を傾け、天正二十年（一五九二）六月に落成、薬師の入仏、観音の開眼の式を執り行なった。そして二年後の文禄三年十一月六日、男にもまさる度胸をもって見事な采配を振るった女傑は、牛久沼に落ちる夕日を見ながら、八十一歳の生涯を閉じたのである。法号は得月院殿月海妙印《とくげついんでんげっかいみょうい》大姉《んだいし》という。

妙印尼はこの地で、わが子孫たちが繁栄してくれることを願ったであろう。しかし残念ながらそうはならなかった由良氏のその後を記しておきたい。

国繁は関ヶ原合戦で家康につき、江戸城を守備して千六百石を加増され七千石となったが、慶長十六年（一六一一）に六十二歳で死んだ。その子貞繁は妙印尼が小田原の陣に伴っただけに武勇にすぐれ、家康の近習となり、関ヶ原で活躍し五千石を独自に得て、父の死により一万二千石となる。ところが謙虚にも自分が得た五千石を返納して大名とはならず、七千石の旗本として生きた。大坂夏の陣では負傷して足が不自由になり牛久に引き籠った。

貞繁は元和七年（一六二一）に四十八歳で死んだ時、子供が早世していなかったため、家督相続者がおらず、領地は没収される。しかし新田氏に系図をつなげる徳川氏にとって、由良氏は同族であることから、貞繁の弟貞長にとくに一千石が与えられ江戸に在住し、幕府高家の地位を獲得し、世襲された。そして最後の将軍・慶喜が大政奉還の儀を京都二条城で執り行なった際、時の当主・由良貞時がこれを司った。また貞時は由良を新田姓に復して明治を迎えたのだった。

5 吉岡妙麟尼（鶴崎城・大分市）

巧妙な策略で島津軍を撃滅した女名将

◉妙麟尼か？妙林尼か？　違う二つの人物像

「藪蚊《やぶか》、橙《だいだい》、後家《ごけ》、法華《ほっけ》」――戦国時代、大分市の中心街から東へ七キロ、大野川と乙津川が別府湾に注ぐ三角洲の地に鶴崎城（大分市鶴崎）があった。周囲は湿地で藪蚊が多く、また橙がよく実った。法華とは加藤清正がこの地で法華宗を広めたからだ。鶴崎は肥後熊本藩の飛び地で、大坂からの帆船が良港だったこの鶴崎に着き、ここから加藤氏、また次の大名の細川氏は熊本に向かった。では後家とは何を指すのか。

大友宗麟の時代、鶴崎城で島津と勇敢に戦った後家がいた。彼女の武勇が人々の記憶に残った。いまや女ながらも地元の〝英雄〟になっている。

彼女は天正十四年（一五八六）十二月十三日から翌年三月八日までの島津軍との攻防に、英明な女武将として華々しく登場するが、その身上ははっきりしない。

彼女は鶴崎城主の吉岡氏に嫁いだ女であるが、妙麟尼とも妙林尼とも書かれている。そして麟と林は、単なる表記の違いにとどまらず、史料は別人であることを示しており、どちらが正しいかは不明のままである。

彼女を妙麟尼と記す『豊薩軍記《ほうさつぐんき》』などは、臼杵の丹生《にゅう》小次郎正俊の娘で、吉岡宗歓《そうかん》の妻だったとする。鶴崎から山一つ越えると丹生《にゅう》という盆地があり、水銀が取れた。丹生氏はこの水銀を支配した一族である。一方、『大友興廃記《おおともこうはいき》』などは妙林尼と書いて、林左京亮《さきようのすけ》の娘で、吉岡掃部助《かもんのすけ》の妻となったという。

この両者の違いを吉岡氏の流れに則して説明する必要があろう。最盛時に豊後・筑後・肥後・筑前・豊前・肥前と六カ国の守護となった大友宗麟に仕えたのが吉岡氏である。吉岡氏は大友氏の庶家・野津氏の子孫で、越前守長増《ながます》は宗麟の父・義鑑《よしあき》の時代から仕え、宗麟（出家しての号・俗名は義鎮《よししげ》）が入道した際、同じく髪を剃って一字をもらい宗歓と号した。この鶴崎城の城主だった宗歓が死んで、彼女は後家となり妙麟尼と号して鶴崎城にいたとする。彼女は嫡子・掃部助の母親となった。ところが妙林尼説ではこの掃部助鎮興《しげおき》に嫁いだのが彼女であり、統増《よします》（甚吉《じんきち》）を産んだとする。父親に嫁いだのか、息子に嫁いだのか、確定するに値する史料が存在しないのである。

ところで、吉岡宗歓は宗麟を支えた豊後三老の一人である。毛利氏との戦いでは全大友軍を指揮した兵《つわもの》で、彼女が鶴崎城で戦うすでに十五年も前に七十歳前後で死んでいる。これに対し掃部助鎮興は島津軍と激突した天正六年（一五七八）十一月の日向国耳川（宮崎県日向市）の戦いで、宗麟の旗本として活躍して戦死したとされる。この時、掃部助は三十代だったようだ。

大友氏が急速に弱体化したのはこの耳川の戦いでの大敗北にあった。戦いは日向国都於郡《とのこおり》（同県西都市《さいと》）の領主だった伊東義祐《よしすけ》が島津軍に敗れて宗麟を頼ったことにはじまる。その伊東氏の旧領回復を手助けする出陣だったが、宗麟の本当の目的は他にあった。それはキリシタン大名となった宗麟が、日向にキリシタンの王国をつくるべく赤十字架の旗を掲げ、後妻に迎えた敬虔な信者のジュリアを伴い、さらに宣教師を同行させて出撃したのだ。

これにキリシタンでない多くの将兵は困惑した。なぜなら大友軍はキリシタン家臣の主導のもと、沿道の神社仏閣を破却し、悪路に仏像を放り込みながら進撃した。神仏に深く帰依する多くの将兵には許しがたい行為であった。大友軍は五万、だが士気が上がるはずはなかった。

島津軍は義久の指揮のもと、弟の義弘・家久ら一族をあげて、陽動作戦を展開して大友軍を潰走させた。大友軍は七里の山野に二万といわれる屍を残して大敗した。

これに勢いづいた島津は、優れた将士を大量に失った大友氏を滅ぼす積極的な戦いに出てきた。宗麟はたまらず大坂城に秀吉を訪ねて援助を請い、秀吉は島津討伐の軍を動かした。そんな中で女ながらも鮮やかな采配を振るったのが鶴崎城の女城主・妙麟（林）尼だった。彼女を妙麟尼とする場合、宗麟から一字をもらったのではないかともいわれ、キリシタンだった可能性も指摘される。一方、妙林尼の林は実家の苗字から取ったといい、ここでも異なる見解が対立した形になっている。

ここでただ一点、間違いなくいえることは、宗歓の未亡人ならば息子の掃部助鎮興を島津のために失ったことになり、鎮興の妻であればその夫を奪われたことになって、いずれにしろ彼女の島津氏への恨みが深かったことだけは事実である。

◉薬研堀に落とし穴、奇抜な作戦が見事に的中

その彼女が戦った鶴崎城は、ＪＲ日豊本線の鶴崎駅から南東四百メートル余りの場所にあった。そこは現在、市立鶴崎小学校と県立鶴崎高校が隣り合って建つ一帯で、かつては大野川、乙津川の氾濫源の中にある平城だった。昭和の時まで堀が残っていたが、いま地表に城の痕跡はまったくない。

妙麟（林）尼が采配を振るった島津との戦いは、宗麟の要請に応えて秀吉が派遣した仙石秀久を主将とする四国勢と島津軍が戸次川《へつぎかわ》で戦い、島津の作戦にはまって長宗我部信親《ちょうそがべのぶちか》や十河存保《そごうまさやす》が戦死し、その勢いをもって大友側の重要拠点である鶴ヶ城を奪った。この後、島津軍の主力は府内（大分市中心部）を襲うと、宗麟の嫡子・義統《よしむね》は

だらしなく逃げ出してなんなくこれを攻略した。

この時に島津の支隊で伊集院美作守、野村備中守、白浜周防守の三将に率いられた兵三千は、鶴ヶ城から北十キロにある鶴崎城に矛先を向けた。

ここで妙麟尼の戦いの様子をつぶさに伝える『豊薩軍記』を基本資料として、その采配ぶりを紹介しよう。断っておきたいのは、この著は妙麟尼と記して、宗歓の後室とする。よって彼女は七十歳をかなり過ぎていたであろう。ただしもし掃部助鎮興の妻の場合は三十代後半から四十代と思われる。読者はこの若い妙林尼のこともイメージしながら、老尼・妙麟の戦いをみていただきたい。

妙麟尼は夫をとうに亡くし、息子も耳川の戦いで失っていた。そして孫の統増は宗麟がいる臼杵城《うすきじょう》（大分県臼杵市）を守るために出陣して鶴崎城にいなかった。彼女はそんな中で島津軍の襲来が間近いことを予測し、軍慮をめぐらし、城の内外を点検する。足りないところがあれば自ら縄張りした。二の丸、三の丸を見ると弱点が見つかるが、差し迫った状況なので、塀の裏側を板や畳などで押さえて補強した。またV字に深く掘って薬研堀《やげんぼり》をつくり、底に菱（菱形の鉄でつくった先端がとがった武器）を植え込み、その上に棚を張って分からなくし、また方々に落とし穴を掘った。味方が討って出る時のために目印に杭や篠竹を捨て置くことも忘れなかった。

また大野川と乙津川は鶴崎城のすぐ南で、左右から極端に接近しながら合流するこ

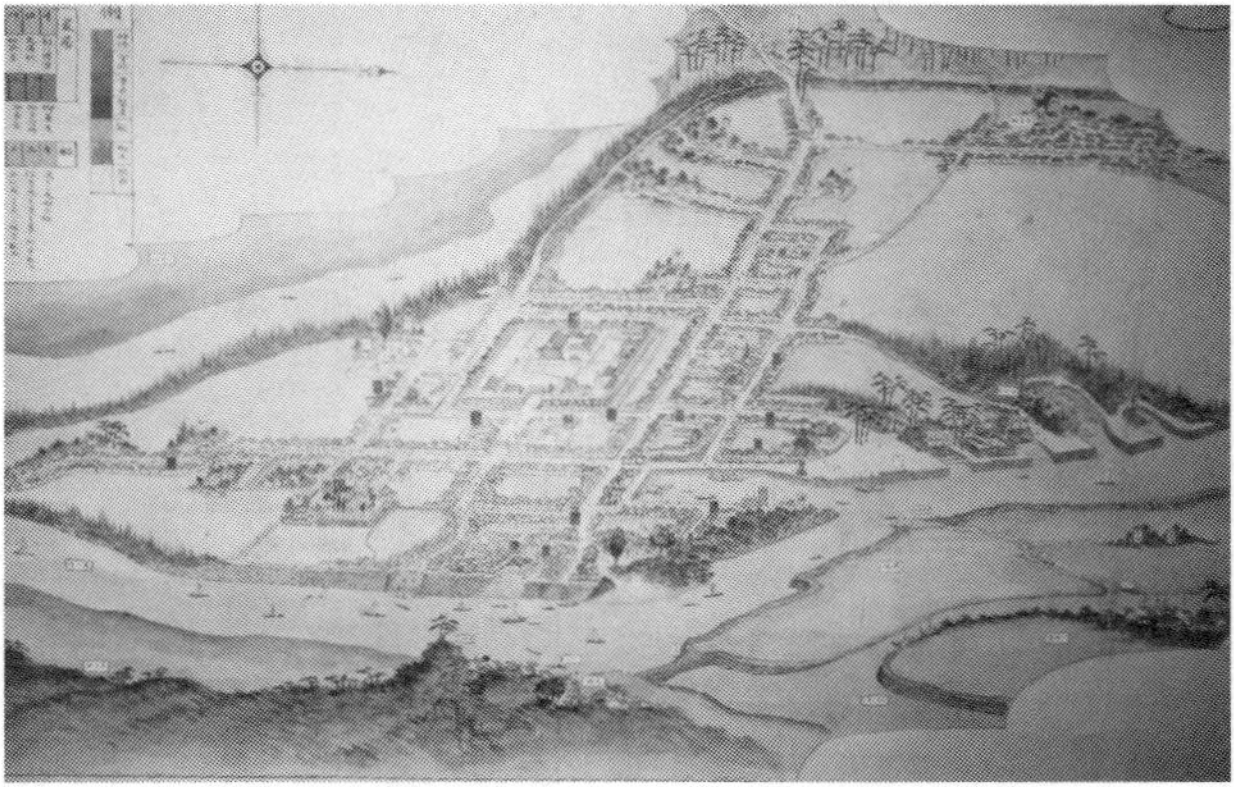

吉岡妙麟尼の統治下の鶴崎城城下（江戸時代の絵図）

となく、再び八の字形に離れて別府湾に注ぐ。その狭まった場所を琵琶の頸《くび》と呼び、城の弱点でもあった。ここに堀を通して両方の川とつなげた。その堀の外側には焼いた竹を立て並べて防御柵とし、内側には築地を築いた。そして野武士や農民らを集めて部署を固めた。

　島津軍が襲来した妙麟のその日の装束は、鎖鉢巻《くさりはちまき》を締め、着込みの上に羽織を着て、長刀を携えて、従う侍女に至るまで、皆括《くく》り袴《ばかま》（裾口を緒でしぼるようにした袴）に鉢巻をし、太刀を佩《お》びて、その有様はなんら勇士と異なるところがなかった。

　妙麟は敵勢を前に築地の陰に身を寄せ、「押し返し、押し返せ」などと士卒を励まし、下知した。侍たちは命を惜しまず戦い、二十余人が討ち死にする激しい戦いになり、島津軍は琵琶の頸からの突破をあきらめ、川を東へ渡って白滝山（種具山）に陣を取った。

島津軍がそこからよく見れば、鶴崎城は小さな平城で堀も築地もにわかにあつらえたことがありありで、強固な構えに見えなかった。しかも聞けば大将は尼とのこと。島津軍は簡単に握り潰せると侮り、一握りに攻め滅ぼさんと再び川を渡り攻撃した。

ところが菱を仕込んだ薬研堀、また落とし穴に人馬もろとも落ち、その上にまた人馬がはまって死傷者を出した。後続の軍兵は肝を冷やして茫然とするところに、訓練して狙撃手となった農民らが操作する二百八十挺の鉄砲が火を噴き、たくさんの島津兵が撃たれて命を失った。

島津軍は案に相違して城は落としづらいと、また白滝山まで引き下がった。その後、寄せ手は落とし穴に恐れをなし、周囲で農民が飼っていた牛や馬を奪って、それを追い立てて先を進ませ、その後について恐る恐る押し寄せてきた。こうした島津の攻撃は十六度に及んだが、妙麟は手を替え品を替えて防いだ。

しかし落とし穴を埋められ、外郭の塀を破られて、ついに三の丸を奪われた。だがなお二の丸・本丸を堅固に守り支えて戦ったので、島津にさらに犠牲が出たが、城中の手負いと死人は十数人に過ぎなかった。

妙麟は安穏な場所に自らを置くことなく、常に夜寒を防ぐため皆に酒食を勧め、憐みをたれ、各持ち場や櫓々を昼夜の隙なく周回して士卒を勇めて軍慮を示した。討ち取った首を実検もして、自ら手を差し伸べ、これは士、そちらは雑兵と沙汰した。

ある時、侍三人が妙麟の前に進み出て「これまでは戦いに勝利してきましたが、所詮は多勢に無勢で、開運の望みはありません。忠節も十分尽くしましたので、今は降伏してはいかがでしょう」と進言すると、妙麟は勃然として面色が変わり、大いに怒って「汝等は臆病至極の者どもかな」と国光の太刀を抜いて耳の辺りを振り回したので、三人は恥入り、畏れをなして逃げるように退出した。

戦いは数日に及び、島津の三将は妙麟の家来に金銀を送って使者を頼み、和睦をもちかけさせた。それは干戈《かんか》の争いをやめ、平和裏に妙麟が下城して城を明け渡すことが盛られた和睦案であった。妙麟はこれを突っぱねたかったが、そうできない事情があった。城中の兵糧・玉薬が後わずかで尽きるところまできていたからだ。

妙麟はたった数百人、それも本当の武士でない一団と女たちでこれほどまでに城を死守できるとは正直思っていなかった。胸を張って開城できる。しかも戦いはまだ終わっていない。下城していったん和平をなし、新たな策を練ることにした。

和睦は成立し、島津勢は城に入り、妙麟は城外の家に住んだ。

◉一転柔和な女に……酒宴や歌舞でもてなす

戦いに臨み鮮やかな采配を見せた妙麟は武器を納めると一転、愛想が良く物分かりのいい女に変わった。島津勢に気配りして、やさしく微笑んだ。雨の日には城中へ手紙を書いて慰めた。屋敷には三将を招いて山海の珍味でもてなし、顔かたちのいい若い女を侍らせて酌をさせた。

鶴崎といえば全国に名を知られた鶴崎踊りがある。妙麟は若い侍女たちにこれを踊らせたようだ。

その鶴崎踊りの起源は大友宗麟とかかわる。宗麟が遊興にふけって政治をさぼって顧みなかった時期があった。これを諫めようとした老臣の戸次鑑連《べっきあきつら》(後の立花闇千代《ぎんちよ》の父・道雪《どうせつ》)に宗麟は会おうとせず、逃げ回っていた。そこで一計を案じ、永禄三年(一五六〇)の頃、京都から見目麗《みめ》しい踊り子たちを招いて、日夜「左衛門(三つ拍子)」などを踊らせた。宗麟はこの若い京女たちの踊りが気になって、ついに現われたところを鑑連が捕まえ、説教して身持ちを改めさせた。

妙麟の当時の歌詞は不明だが、三味線・胡弓・横笛を吹き鳴らしての現代の「左衛門」は「豊後名物その名も高い　踊る乙女の品のよさ　清き流れの大野の川に　月を浮かべた屋形船……」と快適なテンポで歌い踊られる。

薩摩の三将は若い女の酌や踊りにすっかりご満悦で、妙麟のもてなしに気を許した。彼女が笑顔の裏にどんな計略を秘めているか、彼らは知る由もなかった。

天正十五年（一五八七）三月、秀吉は宗麟の要請に応えて、島津討伐のため自ら大坂城を発した。このため九州各地にいた島津軍は本国への撤収を開始した。鶴崎城を占領した三将が率いる兵員も薩摩に引き揚げることになった。

『豊薩軍記』は「野村備中守が妙麟の館に来て、『我々は明朝本国に帰郷するが、そなたはいかがなさる』と問うた。そこで妙麟は偽って『自分はこのように大友殿に背いて、あなた方と厚く交わりましたからにはここにはおれません。どこの国へでもお伴させて下さい。留まればどんな罪に問われるか分かりません』といえば、野村は喜んで、馬だ竹輿だと様々に用意をした」という。

妙麟は今夜が最後と大宴会を催し、三将だけでなく兵たちにも酒食を豪勢に出し、若い女に心行くまで接待させた。そして皆をとことん酔わせた。やがて宴が終わると、密かに部下を呼んで、島津軍が撤退する道筋にある寺司浜《てらじはま》（乙津川原）の葦蔭《あしかげ》に鉄砲をもたせて伏兵五、六十人を配置するように下知した。

◉川原で火を噴く鉄砲、島津の三将は戦死

そして三月八日の朝がほのぼのと明ける。妙麟は後ですぐに追いかけますと騙して

島津の将兵を送り出した。

島津軍は酔いも抜けきらぬ者も多く、昨夜の酒宴の思い出にひたり、また久々に帰れる故郷で待つ両親、妻や子に思いをはせながら、乙津川の川原に出た。すると葦の間に人が動き、轟音とともに鉄砲が火を噴いた。一瞬何が起きたか判断がつかなかった。鉄砲の集中砲火に無警戒だった島津勢はなす術《すべ》なく、次々に撃たれて倒れた。大将の伊集院と白浜はその場で息絶えた。野村もまた負傷した。郎等が介抱して寺司浜を脱したが、日向の高城で息絶えた。

ここに鶴崎城を襲った島津の三人の大将は、妙麟尼の術中にはまって死んだのである。彼女の恐るべき策略にはまって討ち取られた士は寺司浜だけで六十三人、雑兵などを入れた薩摩の人的損傷は数百人に及んだと思われる。これに対して妙麟側の死者はわずか一人に過ぎなかった。一城主の采配としては、男もかなわない抜群のものであった。

妙麟は翌日、荷車に六十三の首を積んで臼杵城まで運んだ。そこには宗麟がおり、孫の統増がいた。負け戦が続く宗麟は勝利をいたく喜び、「尼の身ながら稀代の忠節、古今の絶類なり」と称賛し、統増は恩賞を賜ったという。

この事を聞いた秀吉も大いに褒めて後日召し出すと約束したが、対面は残念ながら実現しなかった。

島津は秀吉に屈服し、秀吉の九州動座を要請した宗麟に、秀吉は日向一国を与えようとした。だが宗麟は息子義統が豊後一国を安堵されただけで充分としてこれを辞退し、その直後の五月二十三日、つまり妙麟が島津軍を殲滅したわずか二カ月後に疫病で五十八歳で他界した。

ところで妙麟の策略にはまって戦死した薩摩将士の遺体は寺司浜に合葬され、千人塚と呼ばれた。行き倒れや無縁仏もここに集められる。やがて大火に見舞われ、疫病も流行し、千人塚の祟りと恐れられた。そこで住民は千人塚の上に地蔵尊を祀り、大供養祭を営んだ。これ以降、不幸な出来事や嫌な事件は起きなくなったという。

それにしても世の中は変転極まりない。宗麟の死から六年後の文禄二年（一五九三）、朝鮮に出兵した義統は、平壌《ピョンヤン》の戦いに敗れた小西行長を救援せずに漢城《ハンソン》（ソウル）に逃げ帰ったために秀吉の怒りを買って除封され、名門大友氏はあっけなく消えた。そんな中で妙麟尼の消息も途絶えた。彼女は輝かしい鶴崎城の功名だけを残して、まるで神隠しにでもあったように、忽然と消えてしまったのである。

島津軍の戦死者を合葬した
千人塚の上にたつ寺司地蔵尊

6 圓久尼（蒲船津城・福岡県柳川市）

立花道雪ら大友軍を撃退した大長刀を振るう女傑

◉夫婦喧嘩も始終、でも夫への気配りも充分

九州を三分する勢力にまで上りつめた龍造寺隆信の四天王の一人に百武《ひやくたけ》志摩守賢兼《ともかね》がいた。彼は戸田兼定《かねさだ》の子で、もともとは戸田姓だったが、隆信から「そなたの武勇は百人に勝る」と讃えられ、「百武」の名字を賜って改名した。

佐賀市立本庄公民館長だった古野尚司著『かたりべの里 本荘東分』によれば、その妻は今泉永矩《ながのり》の娘で名を藤子《ふじこ》（または斐子《あやこ》）といったとある。彼女は夫賢兼も脱帽するほどの怪力の持ち主で、また武勇にも秀でていた。同じく古野尚司著『本荘の歴史』には、色白で大柄の美人であり、人々は「佐嘉の巴御前」と呼んだとある。

この二人の仲を取り持ったのは、やはり隆信といわれている。

藤子は勝気な性格だっただけによく夫婦喧嘩もしたが、武人の夫を思いやる気持ち

も人一倍強かった。佐賀藩士・山本常朝の口述による『葉隠』に、こんな逸話が記されている。

「ある時、女房（藤子）がやきもちをやいて、家族の者に朝食を食べさせなかったところに、出陣の触れがあった。賢兼は空腹のまますぐに飛び出した。彼女はすぐに後悔して、飯を炊き水樽に入れ、男は皆夫に従い出立していなかったため、自分で背負い、また下女にも持たせ、陣所へ運んだ」

大賢兼は武勇に強いだけではなく、人を思いやる気持ちが強かった。これに対して、主君隆信はすぐれた武勇の士であったが、勝つためには手段を選ばず、恩義ある相手をも排斥した。

筑後柳川城（福岡県柳川市）は筑後十六城二十四人の旗頭、蒲池《かまち》鑑盛《あきもり》が築いた城だが、これを隆信は卑劣な手段を使って乗っ取った。鑑盛は情けある清廉な武将だった。もともと大友氏に属していた鑑盛は、龍造寺氏を隆信が継ぐのを嫌い、大友氏が佐嘉城（佐賀市）を攻めた時には和睦の労を取った。また隆信が家臣の反乱にあって筑後に逃げ込んだ際、これを庇護した。また隆信が再起をかけ兵を佐賀に進めるにあたり兵三百を従わせた。鑑盛は隆信には恩人であり、当初は恩を感じて娘の玉鶴姫を鑑盛の嫡子・鎮漣《しげなみ》の妻に与えもした。ところが領土拡大に貪欲な隆信は次第に鑑盛が邪魔になった。そこで猿楽を一緒にやりたいと佐嘉に誘い出し、与嘉明神の馬場で「霓《げい》裳羽衣《しょううい》」を舞う鑑盛を殺害した。この時に鎮漣もわずかな家臣と一緒にいて、斬り合いになった。結局、鎮漣もまた最後、従者に矢で応戦させながら民家に駆け込み自刃した。

この騒動での賢兼・藤子夫婦のことが、これも『葉隠』に出てくる。「辻の堂のあたりで鎮漣を成敗しようと騒ぎ立てているのに、賢兼は自宅で寝ていて起き上がりもしなかった。急ぎ駆けつけるべきと思う女房は物具を投げつけて、『これほどの騒ぎになっているのに出ようとしないのは、皆に後れをとることです』と叱りつけた。これに夫は『こんどの蒲池氏の御成敗、御家の御運の末ともなりかねると思うと、しきりと涙がでてきて仕方がない。立ち向かって戦う気持ちなど湧いてこない』といって、寝たままでついに出かけることはなかった」と述べている。

賢兼は主君としての隆信の度量の欠如を嘆き、やがて蒲池父子の殺害は龍造寺からの諸将の離反を招き、隆信の破綻につながると予感して、この戦いに参加しなかったのである。

◉夫賢兼、主君隆信に殉じて島原沖田畷で戦死

この夫婦に試練の時が訪れる。それは日々勢力を増す薩摩の島津氏の存在だった。肥後に進出してきた島津氏は、島原半島にも食指を伸ばし、龍造寺に離反する国人領

主らを味方につけ、天正十二年（一五八四）三月には有馬晴信《はるのぶ》と連合した島津義久は弟の家久を島原に送った。これに隆信は自ら五万七千の大軍を率いて出陣した。

これに対し三千の兵しか伴わなかった家久は戦略に長けており、大量の兵が一斉に進軍するのが無理な沖田畷《おきたなわて》に注目した。眉山《まゆやま》山麓から海岸までが低湿地と深田であり、ここに誘い込めば小勢ながら互角に戦えるとして、沖田畷の手前に柴垣の塀をもうけ城戸を構え、有馬五千の兵と綿密に連絡を取って待ち受けた。

島原の地理に疎い龍造寺軍はまんまと家久の術中にはまった。龍造寺の前面の兵は城戸や塀越しからの鉄砲の餌食になった。そして迂回した島津の伏兵が隆信を襲った。百武賢兼は隆信を守っていた。背後からの敵に、隆信を避難させせようとした。『北肥戦誌』（別名『九州治乱記』）は「百武志摩守は、主従四十余人を似《もっ》て、隆信を落さむ為め、近づく敵に駆塞《かけふさ》がり駆塞がり、打戦うて一人の残らず討死す」と述べる。百武志摩守賢兼の死力を尽くしての奮戦の甲斐なく、隆信は落ち延びることはできず、首を討たれて死んだのである。

賢兼は当時、柳川城の支城で、柳川城の東約二キロにある蒲船津城（福岡県柳川市）の城主だった。藤子はこの城で隆信以下主従の沖田畷での死を知る。夫の消息はまだ分かっていなかったが、隆信が死んだ以上、夫も生きているはずはないと確信した。彼女は急ぎ佐嘉に戻って、佐嘉城のすぐ西にある百武氏の菩提寺・浄土寺で、迷うことなく髪を下し、圓久尼の号をもらった。そのもとに夫の死が伝えられた。

龍造寺氏は隆信の嫡子・政家が家督を継ぐ。その基盤は盤石ではなかった。隆信を支えた鍋島直茂（当時は信生）が佐嘉城に入って政家を後見した。

だが隆信の死を好機とみた大友氏が筑後に進出して龍造寺に味方する城々に攻撃を仕掛けてきた。大友宗麟の嫡子・義統は七千の兵で黒木家永の猫尾城（同県八女市黒木町）を攻める。島津と戦った耳川の敗北以降、大友氏の力は衰えていた。龍造寺からの援軍もあって、義統は猫尾城を単独では落とせず、重鎮の立花道雪、高橋紹運を急遽筑前から呼び寄せて、天正十二年九月一日やっとこれを攻略した。

道雪と紹運はここに大友軍を主導して柳川城に迫った。龍造寺は分家の水ケ江龍造寺氏の家晴を柳川城に入れて守る。柳川城を守る端城は北に酒見城、西北に榎木津城、東に蒲船津城があった。

◉立花道雪・高橋紹運の軍勢を撃退する

鍋島直茂は佐嘉にいた圓久尼に蒲船津城に戻り、城を守備してほしいと頼む。まさに女性に城を守ってほしいと頼むのは異例中の異例といえる。しかも今山の戦いで大友軍を撃ち破るなど、軍功目覚ましい名将の直茂の頼みである。圓久尼はびっくりするとともに、自分がいかに武勇に通じ、皆から信頼されているかを認識して喜んで引

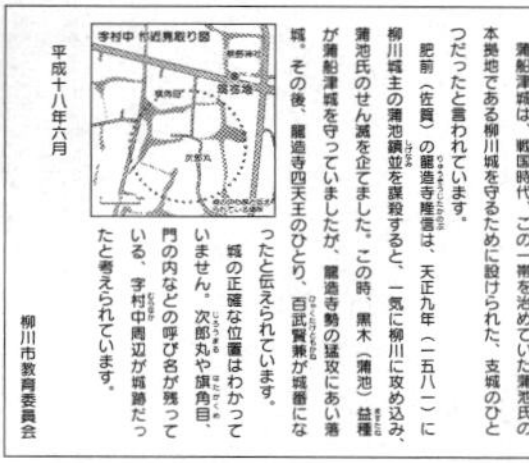

蒲船津城跡《かまふなつじょうあと》

蒲船津城は、戦国時代、この一帯を治めていた蒲池《かまち》氏の本拠地である柳川城を守るために設けられた、支城のひとつだったと言われています。

肥前（佐賀）の龍造寺隆信《りゅうぞうじたかのぶ》は、天正九年（一五八一）に柳川城主の蒲池鎮並《しげなみ》を謀殺すると、一気に柳川に攻め込み、蒲池氏のせん滅を企てました。この時、黒木（蒲池）益種《ますたね》が蒲船津城を守っていましたが、龍造寺勢の猛攻にあい落城。その後、龍造寺四天王のひとり、百武賢兼《ひゃくたけともかね》が城番になったと伝えられています。

城の正確な位置はわかっていません。次郎丸《じろうまる》や旗角目《はたかくめ》、門の内などの呼び名が残っている、字村中《むらなか》周辺が城跡だったと考えられています。

平成十八年六月

柳川市教育委員会

蒲船津城跡（福岡県柳川市教育委員会提供）

き受けた。

すぐに彼女は沖田畷から生還した家臣を集めると、夫賢兼の死から五カ月後、夫との思い出が残る蒲船津城に入って防備を固めた。

道雪・紹運ら大友軍は九月十五日、坂東寺（同県筑後市）に陣を構え、周囲の村々の家を焼き払い柳川の本城と端城に迫った。柳川城は龍造寺家晴が周囲から加番人を集め、城の四方六十余町（六十ヘクタール余）の稲を刈り取って城内に運び入れ食糧とした。また柳川城は運河が縦横に走る水城で飲料水には困らなかった。しかも海手には数十艘の番船を繋いで敵が有明海から攻めてくるのを防いだ。

柳川城を攻めあぐねた道雪・紹運の軍勢は、蒲船津城を攻める。「百武志摩守が後家圓久尼、大力の女なり」と記す『北肥戦誌』は、圓久尼の活躍を描く。「先づ軽卒を進めて道々を放火し、中野式部が榎木津の要害をぞ攻めさせける。中野、聞ゆる者なりしかば、更に事ともせず、城中を駆廻りて士卒を下知し、鉄炮《てつぽう》を打たせ矢を放ちて、身命を惜まず防ぎし間、戸次（立花）・高橋が軍兵共、爰《ここ》をさゆうなく破り得ず。夫より百武が後家圓久比丘尼が籠りたる蒲船津の城へ取懸る。彼の圓久といひしは、比類なき剛の者にて、長《たけ》（身長）高く髪長く、大力の荒馬乗なり。過ぎぬる三月、夫志摩守島原にて戦死の後、信生（直茂）の命に依つて、女なれども志摩守に変わらず当城を守り、元より男子あらざりしが、家人等を従へ居たりしかば、大友勢の寄ると聞いて、大長刀を横たへ城戸口に出で、手の者を励まし防戦す。斯《か》かる処に、中野式部榎木津より駆来り、圓久を援ひて相戦ふ。之に依つて、戸次・高橋が者共、又坂東寺へ引退く」

また『葉隠』では、攻められた際に小勢と見られてはならないので、急いで旗指物を数多くあつらえて並べて堅固に城を持ち堅め、敵を追い散らしたとある。そして戦いがすんだ後、旗指物をそのまま破棄するのはもったいないので、いろいろなものに転用したと、勇士でありながらいかにも女らしい一面を紹介している。

かくして、圓久尼は蒲船津城を守り抜いたのである。大友軍の大黒柱、立花道雪はこの戦いの陣中に病み、高良山《こうらさん》（同県久留米市）まで引き下がる。体力の衰えと心労に勝てず、翌年七十歳で陣中に没した。

道雪は柳川城とその端城を落とせなかったことが悔しかった。「われが死んだならば、屍《かばね》に甲冑をきせ、高良山の好巳《よしみ》の岳《おか》に、柳川の方に向けて埋めよ。これに背けばわが魂魄は必ず祟《たた》りを為すであろう」（『常山紀談』）と遺言している。

かくして大きな仕事を果たした圓久尼は、直茂に今後は尼として生きたいと願い出て、もちろん許された。彼女は佐嘉八田の旧宅に帰って、夫の菩提を弔い続けて、元和元年（一六一五）八月十六日に死んだ。享年は生年が不明なために分からない。法号は圓久妙月大姉、墓は佐賀市多布施の天祐寺に夫賢兼の墓とともにある。

第3章　戦いを指揮し、敵を圧倒した女城主たち

7　成田氏長の継室（忍城・埼玉県行田市）

豊臣軍襲来、夫不在の城を娘たちと守り抜く

◉太田道灌の血を引く賢婦人

水に守られた浮城として日本で最大級の城が関東にあった。利根川と荒川に挟まれ、沼と湿田が曲輪《くるわ》を囲む、小島群を要塞化した忍城《おし》（埼玉県行田市）は、面積が九十万平方メートルと東京ドーム約十九個分もの大きさがあったといわれる。

豊臣秀吉が天正十八年（一五九〇）に小田原城の北条氏を滅ぼそうと関東に二十二万の兵で押し寄せた時、忍城主の成田氏長は北条氏に属していた。その氏長が小田原城に詰めるため出陣した後、忍城に籠城して敵襲を防いだのが、その後妻だった。彼女は太田道灌の曾孫で岩付城《いわつき》（同県岩槻市）の城主だった三楽斎道誉《さんらくさいどうよ》（俗名は資正《すけまさ》）の娘である。

ところで彼女が後妻に入った成田氏とは、『成田記』によれば藤原北家房前《ふささき》から十

代、行成の弟忠基《ただもと》がはじめて武家となって、武蔵守を名乗って武蔵野国に下向し、崎《き》西《さい》郡（荘園時代の私称地名）に住んだことにはじまるという。その子孫が同郡成田（埼玉県熊谷市）に居を構えて、地名から成田氏を称した。ただ『行田史譚（行田市史別巻）』には、小野 篁《たかむら》の流れをくむ武蔵七党の横山党の子孫とする異説も紹介されている。そして『成田系図』では、氏長は忠基を始祖として、成田氏の十七代当主だったと記す。

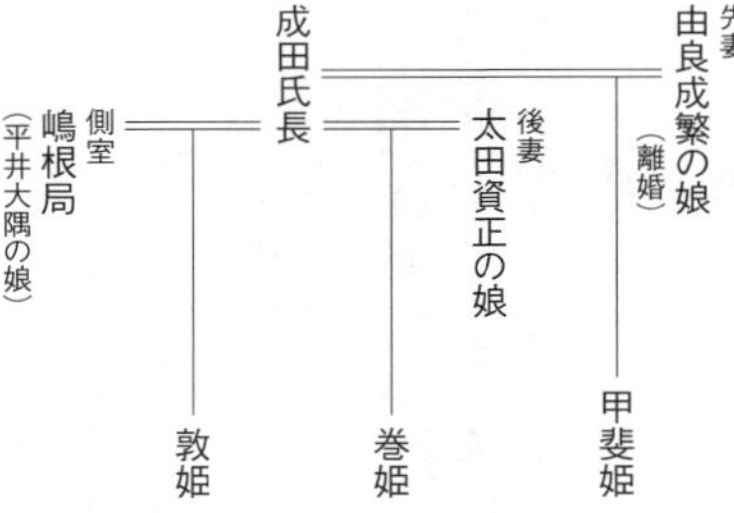

成田氏系図

ところで氏長の後妻として忍城を守った太田三楽斎の娘に触れる前に、前妻についてまず記さねばならない。先妻は「妙印尼」の項で少し紹介した上野《こうずけ》金山城主・由良成繁と輝子（妙印尼）の間に生まれた娘だった。この結婚は成繁が北条氏に従う成田氏を古河《こが》公方《くぼう》方に引き入れようとの魂胆をもって、積極的に進めた婚姻だった。氏長が二十四歳で家督を継いだ永禄八年（一五六五）に、二十一歳になっていた彼女を嫁がせた。彼女は容姿にすぐれ、また武術も達者だった。その彼女が甲斐姫を産んだ翌天正二年（一五七四）、政略のゆえに離婚する破目になった。氏長は成繁の誘いを断って、古河公方方になびかなかったからである。

　氏長と由良氏の娘の夫婦仲はいたってよかった。愛し合う二人が涙ながらに別れた橋が、忍城二の曲輪に長く縁切橋の名で残っていた。彼女はわずか二歳の甲斐姫を残して金山城に帰った。

　その甲斐姫の新しい母が三楽斎の娘だった。三楽斎の娘が後妻に入ったのは、生まれた娘の年齢からみて、氏長が先妻と離婚して程なくだったようだ。幼い甲斐姫はこの継母によくなついた。それは後妻が性格もやさしく、良くできた女で、腹を痛めたわが子と分け隔てなく、甲斐姫を可愛がったからである。

　その後妻も巻姫という女の子を産んだ。甲斐姫より四つ年下だった。しかももう一人彼女が養育した娘がいた。わが子の巻姫と同じ年齢の敦姫である。敦姫は氏長が妾《めかけ》の嶋根局《しまねのつぼね》に産ませた子であった。嶋根局は氏長の家臣・平井大隅《おおすみ》の娘で、敦姫は幼いうちから後妻が引き取って面倒を見た。氏長には息子はおらず、三人の娘はすべて母親が違った。しかも巻姫と敦姫は同い年だった。それぞれが母を異にしながら、後妻のいたわりによって、三姉妹は非常に仲が良かった。

　天正十八年二月十二日、氏長は丸の三つ引の家紋を染めた旗、宝輪の指物を春風になびかせ、纏形《まといがた》の馬印を打ちたてて三百五十騎を従え、小田原へと出陣した。

　これに先立って『成田記』は、氏長が妻と三人の娘たちを前に「このたびの合戦は関西、北国、九州の大軍を相手にし、しかも北条氏は朝敵の名さえ負っている大変な戦いである。我が小田原に参陣した後に敵軍が当城に攻め寄せた時は、万事伯父の肥前守泰季《やすすえ》と相計り、諸軍に命令を伝えよ。そなたらは女であるが、一城の留守居役であり、昼夜心を引き締め油断してはならない」といって、妻に留守居役としての指揮権を与えた。

城代の肥前守泰季がいながら、氏長が妻を留守居役にしたのは泰季が七十八歳と高齢な上に病気を患っていたこともあったが、それにも増して彼女が武術にすぐれており、頭脳もいたって明晰だったからである。

成田氏長の妻や甲斐姫が活躍した忍城跡は、水上公園になっている。

夫の命令に対して妻は「君が出陣の後、敵軍が当城に寄せ来たならば、城代肥前守をはじめ一門家中の諸士と力を合わせ守りましょう。私と甲斐姫とで代わる代わる馬に乗り、危なくなった持ち口を助けて、粉骨砕身して防ぎ、やすやすと落とさせはしません。そうすれば近隣の城から援軍も来ることでしょう。当城のことは夢々御心配なさらず、あなた様は小田原の合戦で軍功をあげ、めでたく凱陣されることを御待ち申しております」と答えたので、氏長は大いに悦んだ。

時に氏長は四十九歳、息子に恵まれなかった氏長は、長女の甲斐姫が「男であったなら」と嘆いてきた。その甲斐姫は十九歳になっていた。東国無双の美女と評判も高く、武勇にも秀でていた。世間の人々は甲斐姫が男ならば成田氏中興の人となったであろうと噂し合った。

この甲斐姫にも氏長は「軍事に明るく、力量も女には稀なほどだが、勇にまかせて、迂闊《うかつ》な戦いはしてはならない。無謀な戦いを好んで、身分卑しい者の虜《とりこ》になれば、その身の恥ばかりではなく、当家に末代まで疵《きず》がつく。ただ城を堅固に守り、兵士を損なわないようにせよ。もし北条氏が没落し、我らが討ち死にした時も命をまっとうし、我が菩提を弔ってほしい」との言葉を残した。

◉女城主らしい配慮、城外の庶民もともに籠城

やがて小田原城を攻めた秀吉の主力部隊だけでなく、諸部隊は関東一円の北条氏の城を攻め、北国から前田利家、上杉景勝らの軍勢も大挙して碓氷峠を越えて関東に入り、関八州全体が戦場になった。上野館林城（群馬県館林市）は石田三成、大谷吉継、長束正家が大将となって攻めて落とす。三成らは人馬を一両日休めた後、南下して忍城を攻めようとしていると、間者が報告してきた。

そこで忍城で重役たちの軍議が開かれた。主宰したのは指揮権を与えられた氏長の

妻であった。『改正　三河後風土記』は、妻女はかいがいしい人で、重役を呼び集めて「只要害を便とし、面々死を顧みず防ぐべし。いう甲斐なく城をとられ、殿の御名まで汚さんこと心憂し。この趣よくよく士卒にも申し諭すべし。また城兵極めて無勢なれば、城下の百姓町人社家法師までもかり集め籠城させ、兵糧には大豆、麦、粟《あわ》、稗《ひえ》まで取入れ、炭、塩、油、薪、藁に至るまで、日頃百姓町人寺社等に貯め置きたる雑物少しも残らず取入れよ」と申し渡したといい、女子婦人にまれな才覚と、将卒のことごとくが感じ入ったと記している。

この軍議の内容を詳しく伝える『成田記』では、利根川まで兵を出し、ここを防衛線として戦う意見や、偽りの降伏をして相手を油断させて和議成立寸前に夜討ち朝駆けして敵を追い払う意見が飛び出したという。

だが彼女は、偽りの降伏をして敵にこちらの内心を悟られれば一大事になる、利根川での防戦に失敗すれば敵はかえって勇み、落城となれば主君の身の上にかかわるとして賛成しなかった。彼女は農民、職人、商人はもとより僧侶や山伏まで、すべての階層の者とその家族を城中に呼び入れて籠城することを提案した。

これに対して、それは無益に兵糧を食いつぶし、長期の籠城は無理との意見が出た。しかし、本庄越前守が「奥方様の仰せはごもっともです。嶮《けん》を守れば一人で十人の力を持ち、十人は百人に当ると古い軍法にあります。この要害はたとえ秀吉自らが攻めてこようと簡単には落ちますまい。日頃、民百姓・寺社が蓄えた米麦、また雑穀が大量にあります。これをむざむざ敵に奪われるよりは城内に運び入れ軍用にもちいましょう。軍《いくさ》が終わったら倍にして返すと触れを出せば喜んで運び込むでしょう」といった。この意見に皆が賛成し、氏長の妻が提案した住民ぐるみの籠城が決まったのである。

領民は、女らしい庶民をも思う決定に、敵が襲来しても命を奪われ、食べ物も根こそぎ略奪される心配はないと喜び、妻子を伴い貴重品を背負って続々と入城してきた。馬に米穀類を積んだ者も多く、また他領の者までが避難してきた。庶民らの思わぬ持ち込みもあって、籠城しても食糧は二年でも三年でも大丈夫な量に達した。

◉三成の水攻めの堤を決壊させて難を逃れる

天正十八年六月六日、三成らに率いられた二万三千余の軍勢が忍城を囲んだ。一方の忍城の籠城者は全部で約五千四百人である。だがこのうち戦闘員は侍《さむらい》が三百余人、足軽四百余人といたって少なかった。

甲冑姿も凛々しい氏長の妻、すなわち城主夫人が主導した戦い直前の軍議には、かたわらに甲斐姫ら三人の娘たちも甲冑をつけて侍《はべ》った。ここで持ち場を決められた。本丸は城主夫人と娘三人、さらに成田一門で固めることでことが決まった。近年、和田竜著の小説『のぼうの城』が大きな話題になったが、その主人公・成田長親《ながちか》（氏長の従兄弟）とその弟が二の丸を守り、家中の妻女、老人、子供を収容することにした。

　本来なら非戦闘員である籠城者にも任務が与えられた。例えば勇将の正木丹波守が守る佐間口には侍三十三人、足軽四十余人が配されたが、これに商人、農民、法師、山伏ら四百三十余人が加わった。また外塀の裏には十五歳以下の童子に小旗を持たせて敵に見えるようにし、持ち場のない農民や商人などが混じって歓声を上げさせ、さも城兵が多くいるように工夫した。また敵が塀をよじ登ってくるのを見た非戦闘員は、太鼓で知らせることも決めた。

　さらに城主夫人を頂点とする忍城だけに、三度の飯を炊き、運ぶのは女と童の役とし、戦いのない時は昼飯をなしとするが、夜番、夜回りには粥《かゆ》を夜食に出すといった、女らしいきめ細かい軍律が定められた。こうして籠城者は女や子供に至るまですべてに役割が与えられたのである。

　忍城はまさに水に守られた要塞であった。氏長は連歌を愛して中央から連歌師を招いて興行を催していたが、成田氏は歴代当主がみな連歌を好み、氏長の祖父・親泰《ちかやす》は当時第一流の連歌師・宗長を忍城に招いていた。その宗長の日記は「水郷なり館《やかた》の廻り四方沼水幾重ともなく蘆の霜枯れ二十餘町、四方へ掛けて水鳥多く見え渡りたるさまなるべし」〈『行田史譚』より〉と、忍城の平和的な風景を描写している。

この忍城に攻め寄せた豊臣軍は、四面湿地や深田によって人馬の駆け引きができず、狭い一本道を進んで城方の攻撃を浴びて右往左往した。そこで井楼《せいろう》を二カ所にあげて大筒を撃ち込んだが効果はなく、城方の反撃を食い止めるのがやっとで、多くの死傷者を出した。

そこで三成はさきたま古墳群にある日本最大の円墳・丸墓山に本陣を敷き、忍城を望んで水攻めを決めた。水攻めは備中高松城（岡山市）、紀州太田城（和歌山市）などで秀吉が用いた得意な戦法で、三成は秀吉からこの策を用いるように事前に命じられていたとされる。

三成は忍城を包囲した翌七日に早くも築堤工事に着手した。周辺の村々に昼は米一升と永楽銭六十銭、夜は米一升に百文を日当に払うと高札を掲げた。あまりの好条件に近郷から農民が集まり、突貫作業の末、長さ二十八キロの堤を城の下流域にコの字形に一週間で築いた。

この対応が城主夫人のもとで協議された。ちょうどその最中に城代の泰季が亡くなる。だが城に動揺はなく、過去の体験を踏まえて長老が、水攻めされても深い所で水位は膝辺りまでしか来ないから心配ないといって皆を安心させた。

ただ甲斐姫が大雨が降った時を心配した。すると地形を調査した壬生《みぶ》帯刀《たてわき》は「敵は地形を知らずにやみくもに堤防を築いています。もし大雨の際は水練達者な者に風雨に紛れて堤を切らせれば、濁流が敵の陣を襲い、禍を福に転じることができましょう」と進言し、軍議は緊張感もなく和やかに終わった。

敵方が築いた堤防はあっという間に完成したが、水嵩《みずかさ》はそんなに増えなかった。かえって敵が攻めて来ない分、骨休みになると籠城者たちは喜んだ。

そして豊臣軍が忍城を囲んでから十日がたった八月十六日、『関八州古戦録』によれば、申刻《さるのこく》（午後四時頃）から空が曇り雷鳴がして、夜は車軸を洗うほどの激しい雨になり、川西という所の堤が五、六間（十メートルほど）決壊し寄せ手の陣所を襲ったという。

ところが『成田記』は、これは自然決壊ではなく、城方の泳ぎ上手な十数人が夜の闇と風雨に紛れて堤に泳ぎ着き、これを崩したためとする。濁流は鉄砲水となって陣所を襲い、『改正　三河風土記』は二百七十余人が溺死したと記す。

この水攻めの失敗で、豊臣方は城への強行突破を図るしかなくなる。だが道はぬかるみ、馬の蹄《ひづめ》も立たず、攻撃は一層困難になった。

◉男も唖然、甲斐姫の活躍……城主夫人の采配で籠城に成功

小田原城を攻撃中の秀吉は忍城での苦戦を知って、浅野長政らを応援に派遣した。三成は応援部隊に手柄を横取りされては面目がたたないと、下忍口《しもおしくち》（搦め手）から総

攻撃をかけたが、城への突入は出来なかった。応援の長政は吉継と一緒になって大手口に回って強行突破を図ろうとした。必死に防備を固める城方にも多くの犠牲者が出る。「大手口危うし」の注進が本丸に届く。

『成田記』はこの危機に、城主夫人の激励を受けて、敵に立ち向かう甲斐姫の武勇を描いている。

父が病没し城代を継いだ長親が加勢に向かおうとするのを、「我が参る」と甲斐姫が押し止め、烏帽子《えぼし》型《かた》の兜《かぶと》をつけ、小桜縅《おどし》の鎧《よろい》、猩々緋《しょうじょうひ》の陣羽織を着て、成田氏伝来の名刀「波切」に、実母形見の短刀をつけ、二百余人を従えて大手口に向かった。うち百五十人の兵をひそかに城外に出して、抜け道から敵の背後に回らせ、不意に鯨《と》波《き》の声をあげさせて敵を襲わせた。裏切り者が出たと勘違いした敵は混乱状態に陥る。そこで甲斐姫は大手口の門をひらかせ、先頭を切って押し出し、敵を翻弄させて撃退した。

さらに数日後のことである。真田昌幸・幸村父子も豊臣軍の一翼を担っていた。真田勢は持田口の出張砦《でばりとりで》を攻め取る。浅野長政も持田口曲輪に攻めかかる。農民たちが太鼓を激しく乱打して城の危機を告げる。多勢の敵兵の襲来に城方に討ち死にする者が相次いだ。甲斐姫は二百余騎で勇敢にも敵の中に馬を入れる。彼女は寡勢をもろともせず、馬の鼻を味方の将と揃えてぐいぐい押して、敵を突き崩した。

すると萌黄《もえぎ》の陣羽織、紺に白く髑髏《しやれこうべ》を染めた指物をつけ、月毛の馬に乗った若武者が「武勇あるそなたと夫婦の契りを結びたい。某《それがし》は後醍醐天皇無二の忠臣・児島備後三郎高徳《たかのり》が末葉、三宅惣内兵衛高繁《たかしげ》と申す。女将軍そこを引き給うな」と大声で叫んで、馬を駆け寄せてきた。甲斐姫はニッコリ笑うと、傍らに従っていた者から弓を取って、馬上から両手いっぱいに弓を引き絞って矢を放った。矢は見事に若武者の喉に命中し、言葉も発せられず、どどっと馬から落ちた。城兵たちは「あっぱれ児島殿、見事に命を捨てられた」とあざけり、甲斐姫の武勇を褒め称えた。この彼女の一撃は城兵に勇気を与え、敵の士気を萎えさせた。敵は城への突入をあきらめて退却した。

名だたる秀吉の部将たちの攻撃をもってしても、寡兵の忍城は落ちなかった。そんな最中、小田原に出陣中の氏長から「開城せよ」との命令が届く。すでに小田原城は落城寸前だった。実は連歌を好んだ氏長は里村紹巴《じようは》など秀吉周囲の愛好家と昵懇だったことから、誘いを受けて豊臣方に内応したのだった。

しかもこの氏長の命令を追いかけるようして、七月五日ついに北条氏が秀吉に屈服したとの知らせが入る。本城の小田原城をはじめ、関東・伊豆の北条氏の支城はことごとく陥落していた。唯一豊臣軍に屈しなかった城が忍城であった。

七月十一日、城主夫人と甲斐姫、巻姫、敦姫の三姉妹は甲冑も麗々しく、馬に打ち乗って胸を張り城を出る。成田家の重宝も積んだ車が続いた。力戦の勇士たちも堂々と従う。籠城した農工商夫は財産を馬につけ、父母を背負う者、幼い子を介抱しながら従う者、その表情は一様に明るかった。

城主夫人とこの母を支えた甲斐姫の活躍は称賛された。

◉無残な最期、甲斐姫は秀吉の側室に

ここで『成田記』が語る後日談を記しておこう。氏長は蒲生氏郷に預けられる。氏郷は会津若松城主となり、氏長も支城の福井城（場所不明）で一万石となった。時に会津を所領していた伊達政宗はこの地を奪われたことに不満をあらわにし、一揆を煽動し、東北に不穏な空気がみなぎる。この鎮圧に向かう氏郷に氏長は従軍した。

この間に氏郷の側近である浜田将監兄弟が目付として福井城に入った。ところが将監兄弟は敵に内通して反旗を翻し、成田一族を夜陰に紛れて襲った。武勇にも長けていた氏長の妻は生憎、病に臥せっていた。家臣が彼女を背負い逃げたが、将監弟に見つかり、首を打ち落とされた。甲斐姫は長刀で敵に向かい奮戦中に母の死を知る。継母だが可愛がられた甲斐姫は死出の道は母とともにと、家臣十数人とすさまじい復讐戦を展開し、馬で逃げる将監弟を追いかけて、馬上から胸板深く突き刺し母の仇を取った。また将監兄も討ち取って、謀叛を未然に防いだ。

氏郷は見事な甲斐姫の働きを秀吉に報告した。秀吉は先の忍城での活躍を聞いてお

り、この度の活躍に強い関心を示し、さらに東国にあって並びない美女と知り、大坂城に呼び寄せて側室とした。

氏長は妻の悲劇に言葉を失うが、秀吉は甲斐姫を側室にしたこともあって、下野烏山城（栃木県那須烏山市）を与え、二万七千石の大名にした。しかし氏長は四年後の文禄四年（一五九五）に死んだ。息子がおらず、本来なら城は没収となるが、甲斐姫の願いによって、氏長の弟の泰親の相続が認められた。だが泰親の家系も男の子に恵まれず、三代で家は断絶した。そして甲斐姫の消息も途絶えた。

一方、天下を取った徳川家康は、江戸城の北の守りとして忍城を重視し、多くの関東の城が廃城になる中で、忍城は明治維新まで存続したのである。そして城主夫人の采配は甲斐姫の奮戦とともに、忍城の輝かしい歴史として語り伝えられてきたのである。

8　洞松院尼（置塩城・兵庫県姫路市）

将軍からも頼りにされた〝鬼瓦〟の肝っ玉大名

◉家柄は最高の細川氏、でも器量悪く尼に

戦国の女大名と呼ばれて大きな権力を握った女性が二人いる。一人はすでに紹介した今川氏の寿桂尼であり、もう一人が赤松氏の洞松院尼《どうしょういんに》なのである。播磨・備前・美作三国の守護だった赤松政則《まさのり》の後妻に入り、夫が明応五年（一四九六）に死んで以来、義村・晴政の二代にわたる当主を後見して権力を発揮した。

彼女は応仁文明の大乱（西暦一四六七〜七七年）の中で少女時代を迎え、やがて未婚ながら尼僧となり、戦国時代の本格的な幕開けとともに還俗して結婚し、戦国初期に女城主、さらには戦国女大名として活躍した。

その洞松院尼は細川勝元の娘であった。足利幕府の管領として活躍した、足利一族である細川家嫡男の京兆家《けいちょうけ》という高い門地に生まれながら、結婚とは当初縁がなかっ

た。それは「鬼瓦《おにがわら》」と渾名《あだな》されるほどの醜女《しこめ》だったからである。だから自らの意思だったに違いないが、結婚せずに髪をおろして仏門に入った。

　しかし応仁文明の乱の後に、洞松院尼を必要とする時が訪れるのだ。

　応仁文明の大乱の東軍の首領は細川勝元、つまり洞松院尼の父である。その乱中に勝元が死に、細川京兆家を息子政元が継いだ。政元は洞松院尼とは異母姉弟《いぼきようだい》の関係にあった。

　戦国時代は応仁文明の大乱にはじまるとされるが、本格的な戦国時代の到来は明応二年（一四九三）に細川政元が十代将軍義材《よしき》（義稙《よしたね》）を追放するという、まさに下剋上の極致ともいうべきクーデターを断行した時を契機にするといえる。以後のすべての足利将軍は家臣の思惑によって擁立され、操り人形化して百年にわたる動乱の時代が続いたのだ。

　そのまさに明応二年、世捨人だった洞松院尼は弟政元の思惑によって、比丘尼《びくに》御所から戦乱の世界に呼び戻されたのだった。

　世間にほとんど知られていなかったこの洞松院尼の存在を、広く知らしめたのは日本中世史が専門の歴史学者・今谷明氏で、「洞松院尼細川氏の研究——中世に於ける女性権力者の系譜」（『横浜市立大学論叢』人文科学系列46巻・一九九五年三月）の論文からである。同著によれば、三月十一日に勝元の息女洞松院と赤松政則の婚儀が決まったと『蔭涼軒日録』などに記されており、この時彼女の年齢は三十歳、三十一歳、三十三歳と、諸記録によって異なり、政元より二～五歳年上だった。

この婚約は政元が赤松政則を将軍据替《すえかえ》のクーデターに誘い込むためのものであり、婚約が成立してすぐに、政元は他の同調者らと密議をこらした。こうした中、洞松院尼は還俗させられ、和泉堺浦（大阪府堺市）に滞陣する政則に輿入れするために、堺に到着したのが四月十七日である。そしてクーデター決行二日前の二十日に婚儀が執り行なわれたのだった。

『蔭涼軒日録』によれば、婚儀のために洞松院が下国するにあたり、細川京兆家の大門に落誦《らくじゆ》が貼られ、そこには「天人とおもいし人は鬼瓦堺の浦にあまくたるかな」と嘲笑う歌が詠まれていたという。しかもあまり醜女のために、洞松院を政則が政元のもとに追い返したという風説も流れるほど、この結婚は世間の話題になったのである。

洞松院が嫁いだ赤松氏は、則村《のりむら》（円心）が足利尊氏に与《くみ》して室町幕府の成立に貢献した。その功績で則村父子は播磨・備前・美作三国の守護となり、幕府の侍所の所司（長官）として重きをなした。だが曾孫の満祐《みちすけ》が嘉吉元年（一四四一）に専制政治をする将軍の足利義教《よしのり》を弑逆《しいぎやく》して討伐軍に攻められ自刃し、赤松氏は没落した。

しかし御家再興を願う赤松旧臣らは、後南朝の与党が禁裏から奪った三種の神器を奪い返したことで、長禄二年（一四五八）にまだ四歳だった政則（満祐の弟義雅《よしまさ》の孫）に赤松宗家の家督相続が許され、加賀国などに所領を得て赤松氏は復権した。この赤松氏再興に側面から協力したのが、管領だった洞松院の父勝元だった。

そこで、応仁文明の乱で赤松氏は勝元の東軍に属して活躍し、播磨・備前・美作三国を取り戻し、侍所の所司にも返り咲いて、播州に置塩城《おじおじょう》（兵庫県姫路市）を築いて主城とし、昔の盛時を取り戻したのだ。この恩を返す形で、政則は醜女の洞松院を妻に迎え、政元の将軍追放のクーデターにも加担したのだった。

置塩城跡からの眺望（姫路市教育委員会提供）

ところで政元のクーデターの本当の狙いは、応仁文明の乱以降、畠山政長が握る幕府の実権を取り戻すことにあった。時に政長は身内同士の戦いで、畠山義豊《よしとよ》を討つため河内に出陣した際、将軍義材を同道させた。その隙に政元は元堀越公方・足利政知《まさとも》の子清晃《せいこう》（後の将軍義澄《よしずみ》）を自邸に移すとともに、河内にいた義材と政長を攻めて、将軍義材を捕らえ京都に連行して竜安寺に幽閉し、また政長を自刃に追い込んだ。

かくてクーデターは成功し、政元は将軍の首を据替させ、清晃は元服して義澄と名を改めて十一代将軍となった。ここに政元は幕府の実権を握り、管領となって自由に将軍を動かしたのだ。洞松院が繋いだ細川政元と赤松政則の同盟によって、政則も異例の従三位に叙せられるが、クーデターから三年後の明応五年（一四九六）四月二十五日、四十二歳で死去した。

◉後家として養子義村を後見して赤松氏の政務をみる

政則と洞松院の結婚生活はわずか三年で終わったことになる。この間、洞松院は娘を一人もうけた。もちろん息子はいなかった。

ところで洞松院は初婚だが、政則は再婚であった。先妻との間にも男子はいなかったが、側室が政秀という男子を産んでいた。だが権勢の頂上にいる政元の姉洞松院に遠慮して、家臣の誰も彼を跡取りに推す者はいなかった。

よって『赤松盛衰記』には「(政則に) 男子なかりければ家督相続の事は、政則在生より申置ける故によつて、赤松家の惣領筋ゆへ、信濃守範資《のりすけ》の末孫七条刑部《ぎょうぶ》政資《まさすけ》の子を養て、政則が女子を妻《め》合《あわ》せ遺跡を継《つが》しめ、是を赤松左京大夫義村と号し、則《すなわち》此比《ころ》播州の守護なり」とある。

義村は幼名を道祖松丸《さえまつまる》といい、五歳（異説あり）で政則の養子となり、洞松院が産んだ娘小めしを妻とすることで、赤松家の家督を継ぐことになる。だが後継ぎはまだ幼く、夫の死で再び出家した洞松院尼がこれを後見する形で赤松家の政治を差配するようになる。彼女は管領の弟政元の威光を背景に大いなる力を持つのだ。

政則の死の直後は、老臣の浦上則宗《うらがみのりむね》が実権を握ったが、文亀二年（一五〇二）に死ぬと洞松院尼が俄然クローズアップされてくる。

『赤松記』は「次郎殿（道祖松丸）が若年のため国の成敗は御前様のめし様（洞松院）のはからいにて、何事も御印判にて仰せつけられた。この体《てい》の間は訴訟を申すことがあれば相延し、次郎殿の御治世の来るのを待ち申した」とある。

領主の未亡人が印判をもって領国を支配した女性に、寿桂尼がいることをすでに記したが、寿桂尼より洞松院尼の方が使用は古く永正三年（一五〇六）十二月五日（寿桂尼の初見は大永六年＝一五二六年）からである。

洞松院尼が「釈」の印文を用い発給した黒印状には、「松せんいん（泉院）殿さまの御はん（判）のすちめ（筋目）にまかせ」と必ず文中に記されるように、亡き夫政則（法号が松泉院）の先例を尊重した文面で、また最後は必ず「おほせいたされ候」で終わる。これは娘婿となり赤松家を相続した義村の自分は後見人であり、これの意志にのっとった印判状であるといっているのだ。つまり自分は夫の遺志をくんだ判断をし、婿養子の義村の気持ちになって政治を差配していることを、その文面は物語る。

ところで洞松院が赤松家の政治を差配するようになってから、実家の細川家に大きな事件が起こった。応仁文明の乱の際、畠山氏や斯波氏など他の家が内部分裂して敵味方になって戦ったのに対して、細川家は一致団結し、その結束力は強かった。しかし細川家を統率する政元は修験道に凝って妻を持たなかったため子供がいなかった。そこで九条政基の子・澄之《すみゆき》を養子とした。養子を一人だけにしておけばよかったものを、阿波守護細川家からも澄元《すみもと》をもらった。二人の養子が並び立つわけがなく、さらに政元は政務をも怠り、近臣に委ねたことで内部抗争に発展してしまう。

永正三年（一五〇六）に澄元が阿波の豪族・三好之長《ゆきなが》に守られて上洛すると、京都は大混乱におちいり、翌年六月二十三日、政元は京都の自邸で澄之擁立派によって暗殺され、澄元は近江に逃れた。だが勢力を盛り返した澄元は、澄之とその擁立した一派を倒して、細川宗家の家督を継いだのである。

こうした中で、はじめは実家の弟政元の援護で力をつけた洞松院尼だったが、政元が暗殺された頃には、実家に頼らず、赤松家内で家臣に信頼されて自力で領内の政務を遂行できるまでに成長していた。

そして中央では将軍と細川家の内情は混乱して、覇権はわけが分からなくなるほどクルクル変わって、細川澄元の権勢も一年で潰《つい》える。

実は政元がクーデターを起こした際、足利義材は龍安寺に幽閉されたことはすでに書いたが、この後脱出して越中に逃れていた。その彼が明との勘合貿易で巨大な富を中細川家の高国が乗っかって京都に入り、永正五年七月、将軍義澄と細川澄元を近江に追っ払った。義材は義稙と名を変えて将軍に返り咲き、高国は管領《かんれい》に就任した。

得た周防の大内義興《よしおき》を頼って、再び復活する。義興は元将軍の義材を奉じ、これに備

◉敵地に乗り込み、和睦を成立させた洞松院

こうした情勢下、播磨では洞松院尼のもと義村も成長して当主となった。時に二人は細川澄元を支持していた。そして澄元が支える将軍義澄は京都を追われる直前に、嫡子亀王丸を播磨に逃がして洞松院尼に養育を託したのだった。しかも郷里の阿波に戻っていた澄元は永正八年七月に蜂起し、援軍を洞松院尼に頼み、義村は二万の兵を率いて高国方の鷹尾城（兵庫県芦屋市）を攻め落とした。この赤松氏の勝利で澄元軍は京都を手に入れた。しかしすぐに大内義興・細川高国軍の反撃に遭い、船岡山の戦いに敗れた。義村の活躍は水泡に帰し、澄元は阿波に再び逃げ戻り、元将軍義澄も相前後して病没した。亀王丸を抱えた赤松氏はここに孤立した。

今谷明著『戦国の世』によれば、洞松院尼は旧知の高国に働きかけて翌年閏四月、将軍義稙から赦免の御内書《ごないしょ》を得ることに成功し、二カ月後に摂津尼崎で和議の運びとなる。そこは高国支配のいわば敵地だったが、義村に代わって堂々と乗り込み、女ながらも執政高国と対等に談判して和議に持ち込んだといい、「まことに院尼は、一箇《いっこ》

の女傑であった」と記している。この時、高国は洞松院尼を宿所に招いて猿楽を興行したといい、敵対しても彼女をいかに敬っていたかがよく分かる。

その洞松院尼だが、還俗して「めし様」と呼ばれ、生まれた一人娘は「小めし様」と称された。小めしは義村を婿養子に迎え、二人の間には才松丸が生まれた。「されども夫婦の中も睦じからず、（義村は）只守護の名のみにて、国中の政事は、洞仙（松）院と同室家（小めし）と二人の女性の取扱ふ事と成来れり」と『赤松盛衰記』はいい、さらには「時に彼家の執事浦上村宗《むらむね》、権威を震ふて国中を進退す。如何《いかに》したりけん、洞仙（松）院と室家とへ村宗《むらむね》無二に取入て、多年此《この》二女に睦《むつまじ》くし、終に逆意を巧《たくら》みける」と書いている。

義村は傀儡《かいらい》であり、播磨・備前・美作三国の実質的な守護は、娘小めしが補佐する洞松院尼であったと『赤松盛衰記』はいっており、この室町軍記の『赤松盛衰記』を見るかぎり、まさに洞松院尼は女戦国大名の地位にあったといえる。

しかし義村が無力な当主といわれてきたことについて、渡邊大門著『中世後期の赤松氏』の中で、義村は膝下に奉行人を配置し、官僚機構ともいうべきものを整備して、守護権力を取り戻そうと最大限の努力を払った。それが裏目に出たが義村は無能な守護ではなく、洞松院尼の権力をあまりに過大評価すべきではないといっている。

それはともあれ、守護権力を強化しようとした義村と備前守護代の浦上村宗は真っ向から対立した。村宗は赤松氏の老臣・則宗の孫であり、備前三石城《みついし》（岡山県備前市）にあって備前東部から西播州で権勢を振るい、守護の義村を圧倒した。そこで義村は永正十六年（一五一九）、三石城に村宗を攻めたが逆襲されて敗北を喫した。

村宗は主君の義村を放逐したが、自ら下剋上の時流に乗って守護に取って替わることはせず、洞松院尼を宗主と仰ぎ、彼女の娘小めし（義村の妻）が産んだ才松丸を擁立して晴政を名乗らせ守護とした。一方の義村は何度か復権を図るが失敗して幽閉され、大永元年（一五二一）九月十七日、村宗が放った刺客によって殺害された。

ところで政権を牛耳る細川高国の専制を嫌った将軍義稙は、高国と袂を分かち淡路に出奔した。そこで高国が目をつけたのは洞松院尼が預かっていた前将軍晴澄の遺児・亀王丸だった。彼に義晴を名乗らせ十二代将軍とした。まさに洞松院尼は新将軍の養母といえた。

だが高国に敵は多く、大永六年（一五二六）には三好勝長や波多野氏ら丹波勢に攻められると、将軍義晴と高国は「赤松姥《うば》の局《つぼね》」「赤松後室の局」、つまり洞松院尼と小めしの二人に宛て「今度の忩劇《そうげき》について晴政に兵をつけて上洛するように忠告してほしい」と手紙を送って兵を催促している。この時、洞松院尼は六十五歳前後だったが、元気であり、赤松氏にあって隠然たる力をなお持っていたことが分かる。

この戦いは利がなく、翌年二月に高国は将軍義晴を奉じて近江に逃げた。義晴と高国は紆余曲折を経て、様々な工作をする中、義晴は享禄元年（一五二八）に近江朽木の逃亡先から「姥の局」に救援をまたも求めている。これが洞松院尼の生存が確認できる最後の文書となった。この後、幾ばくもなくして洞松院尼は他界したとみられる。そして彼女の死とともに、赤松氏は衰退の道を転げ落ち、一時隆盛を極めた浦上氏もまた被官の宇喜多直家の台頭によって没落してゆく。

鎌倉末期以降、波瀾に富んだ名族赤松氏にあって、洞松院尼は戦国下剋上の時代に異色の輝きを放った女大名であった。

第4章　領国を差配し慕われた女城主たち

9　慶誾尼（佐嘉城・佐賀市）

奇想天外、押しかけ女房から生まれた鍋島藩

◉夫周家ら一族皆が罠に嵌まって戦死

肥前佐賀藩主である鍋島氏を創ったのは、龍造寺氏の本家に生まれた慶誾尼《けいぎんに》と呼ばれた女傑だったといって過言ではない。その一方で息子の龍造寺隆信を九州にあって大友氏、島津氏と並ぶ第三の勢力に押し上げ、〝五州二島の太守〟と称されるようになったのも彼女の才覚といえる。『肥陽軍記』は慶誾尼を「御知恵かしこく万《よろず》に賢々《けんけん》しくおありになった」といっている。

慶誾尼は龍造寺氏、また鍋島氏を一段上の高みから見下ろし、戦国の肥前佐賀の行末を誤りなく導いた人物といえる。

龍造寺氏は藤原氏の一族で、その庶流の高木南二郎季家が鎌倉幕府から佐嘉郡龍造寺村（佐賀市）の地頭職に補任されて、御家人として龍造寺を名乗ったことにはじま

る。元寇《げんこう》の役でも活躍し、南北朝時代に足利尊氏に属して手柄を立てて、大宰少弐《だざいしように》・鎮西奉行《ちんぜいぶぎよう》として北九州で勢力を振るった少弐氏と関係を深めて、肥前の有力国人《こくじん》になった。

慶誾尼はその龍造寺の本家（村中龍造寺氏）に永正六年（一五〇九）に生まれた。俗名は残念ながら不明である（彼女は剃髪した後に還俗して再婚もしているので、この著では以後、尼をつけずに慶誾と呼ぶことにしたい）。

慶誾の父胤和《たねかず》は龍造寺十六代当主となったが早死にし、弟の胤久《たねひさ》が相続した。そして慶誾は分家の水ケ江《みずがえ》龍造寺氏の周家《ちかいえ》に嫁ぎ、二十一歳の享禄二年（一五二九）に隆信（幼名・長法師丸、初名は胤信《たねのぶ》）を産んだ。このあと信周《のぶちか》、長信《ながのぶ》と計三人の息子をもうけた。

ところで村中龍造寺の本家は内部分裂や当主の早死にで振るわず、慶誾の大叔父である剛忠《こうちゆう》（出家後の号・諱は家兼《いえかね》）が本家を補佐した。その剛忠はまた慶誾が周家と結婚したことで祖父ともなった。剛忠は長寿だっただけでなく、九十歳を過ぎても軍勢を率いるほど元気でしっかりしており、水ケ江家の祖となり、龍造寺氏中興の祖ともいわれた。

剛忠は智仁勇を兼ね備えた武将として少弐氏の信頼も厚かったが、その優れた資質ゆえに、少弐氏の家老・馬場頼周《よりちか》の妬みを買った。頼周はまだ十代の若者だった少弐冬尚《ふゆひさ》を操って龍造寺氏をおとしめる。策謀にはまって天文十三年（一五四四）十一月から翌年一月にかけて、肥前西部に出陣した龍造寺の諸軍は破れ、しかも水ケ江城も頼周に包囲される。家兼は筑後に逃れ、慶誾らも佐賀を追われた。しかも慶誾の夫周家、家純《いえずみ》（周家の父）、頼純《よりずみ》（周家の弟）ら一族六人をはじめ多くが討たれた。

それも周家やその弟頼純らは頼周の巧みな誘導に引っかかり、少弐冬尚のもとに出向く途中で襲撃され、祇園原《ぎおんばる》（佐賀県神埼市《かんざきし》）で戦死した。しかも頼周は討ち取った周家ら龍造寺氏六人の首を城門下の土中に埋め、出入りする者に踏ませたのだった。そのむごい仕打ちを聞いて、三十七歳になっていた慶誾はどんな思いにかられたであろう。彼女は出家して慶誾尼と名乗り、夫らが死んだ地に供養塔を建てて、円蔵院という寺をつくっている。この時の悲しみに慶誾は負けることなく、憎しみを生きる活力に変えて、積極的な歩みをはじめるようになる。

一方、九十二歳になる剛忠は筑後に逃れていたが、重臣の鍋島清久・清房父子が頼周の龍造寺への仕打ちにあきれ、剛忠一家が息子も孫も死んで断絶するのを嘆いた。そこで筑後の剛忠を訪ねて再起を促すとともに、肥前にもどって将士に働きかけて二千余の兵を集めた。

ここに剛忠は肥前に戻って水ケ江城を奪い、さらに支援の兵を得て、馬場頼周のいる祇園岳を攻めて討ち取り、息子や孫たちの無念を晴らした。だがこれで安心したのか、剛忠は天文十五年三月十日に九十三歳でこの世を去った。

◉謀反に遭い国外逃亡の息子とともに辛酸をなめる

ところで剛忠は生前、慶誾が産んだ曾孫・長法師丸《ちょうほうしまる》（後の隆信）を可愛がった。彼は「この子は類《たぐい》まれなほどの福相をしている。出家させれば名僧になること間違いない」と慶誾に語り、長法師丸が七歳の時に、剛忠の三男である豪覚《ごうかく》和尚が住職をつとめる宝琳院《ほうりんいん》に入れ、出家させて円月《えんげつ》の僧名をもらった。

長法師丸は知識があって、眼光も鋭く優秀な少年僧だったが、剛強を好んで、次第に素行も悪くなり、言葉づかいも乱暴になった。父周家らが馬場頼周の策謀にはまり殺されたのは、長法師丸に逸脱した素行が目立つようになった十七歳の時だった。

そして長法師丸を出家させた剛忠は翌年三月、死を直前に「長法師丸は性倜儻《てきとう》（卓越した人物）にして大志あり、向後《こうご》当家を興さん者は渠《かれ》なり、時機をみて還俗せしめよ」と遺言した。剛忠はもともと長法師丸の才能を認めて出家させたが、成長するに従って、僧よりも武将に向いていると思い直したのであろう。この剛忠の遺言は重かった。

この間、おそらく慶誾は水ケ江家の嫡流がなぜ出家しなければならないのか、不満に思っていたはずである。だからこの遺言を素直に喜んだに違いない。彼女は悲劇的な死を遂げた夫と、若死にした父、そして優れた資質を持った婚家の祖父という、近しい男たちに思いをはせ、長法師丸を自分の力で優れた武将に育て上げようと決断する。

しかも剛忠の死のちょうど一年後、本家の胤栄《たねみつ》がまだ若い妻と一人娘を残して死んだ。胤栄は慶誾の従弟《いとこ》だった。龍造寺を支える男がまた一人いなくなった今、慶誾はその龍造寺氏を守るのは、息子を後見する自分以外にないという強い信念をもった。彼女は本家に生まれた女として、この時から実質的な女当主となったのだ。

だが長法師丸が還俗して胤信、さらには隆信を名乗って龍造寺氏に戻ってきたが、周囲の目は厳しかった。胤栄の後継者に隆信を推す一派に対し、胤門《たねかど》（慶誾の父胤和の弟）の子である家就《いえなり》を推す派も譲らなかった。そこで龍造寺八幡宮の神前で鬮《くじ》を引くことになった。すると三度引いて三度とも隆信となったために、後継者は隆信に決まったとされる。

これにより二十歳になった隆信は、胤栄の死で未亡人になった宗誾《そうぎん》を妻にするという奇妙な形を取って、龍造寺本家の第十九代当主の地位を得た。また水ケ江龍造寺氏は鑑兼《あきかね》（剛忠の孫・父は家門）が継いだ。

隆信が本家当主になったが、これを嫌う家臣が少なくなかった。川副博著『龍造寺隆信』は「胤信（隆信）の性質は、やや激しすぎる嫌いがあった。大胆にして剛強、度量抜群だったために、人の下につくことを喜ばず、人が秀でて、威勢がある者を見るとこれを嫌い、またもののかずともせず、酒を好む者を愛し、酒に酔う者を嫌った。しかし、「文を好み、武を重んじ、山林に狩しては走り、その行動は常に人の意表をついた」と書いている。

国内も不安定なのに国外へ討って出ようとする隆信を、家臣が国内を治める方が先決と諫めると、怒って席を蹴って立ち去るなど、その行動は家臣を嘆かせた。かねてより鑑兼派だった老臣・土橋栄益はついに隆信を快く思わない城将たちと謀って反乱を起こし、天文二十年（一五五一）十月、村中城（のちの佐嘉城）を包囲した。隆信は自刃を覚悟したが、譜代家臣の努力で城を明け渡すことで決着がつき、隆信は慶誾らとともに、かつての剛忠と同じく筑後に逃れた。そして雌伏《しふく》二年、柳川城主の蒲池《かまち》鑑盛《あきもり》の協力と馳せ参じた旧臣によって、肥前に入って勝利を重ね、ついに村中城を奪還したのだった。隆信は二十五歳であった。

ところで筑後へ逃げた隆信とその家族は筑後一ッ木（福岡県朝倉市）に住んだが、生活は次第に苦しくなり、重代の宝物を売って糊口《ここう》を凌ぐようになった。それは慶誾にとっても二度と味わいたくない苦労であった。彼女はその生活から脱してやっと肥前に帰ることができたが、もともと謀叛で国を追われた原因は、息子隆信を補佐する武勇にすぐれた家臣がいなかったことに気づく。このままだとまた身内の反乱や外敵の侵略を受けてどんな辛酸をなめるか分からなかった。

◉「息子が信頼できる家臣を」と還俗妻

慶誾は二度と同じ過ちを繰り返さないためには、智略にすぐれ、勇気あるだけではなく、欠陥の目立つ隆信を補佐してくれる人格的にも優れた参謀が必要だと痛感した。彼女は家臣を見渡して鍋島清房の息子の直茂に目をつけた。

鍋島氏は永徳年間（一三八一〜八四）に肥前国に下向した佐々木源氏の流れをくむ京都北野の住人・長岡宗元《ながおかむねもと》（経秀《つねひで》）を祖とする。佐嘉郡鍋島村（佐賀市）に土着して鍋島氏を名乗り、龍造寺氏に仕えた。

清房は剛忠のもとで多くの手柄を立て、剛忠の嫡男・家純の娘華渓《かけい》〈慶誾の義妹〉の婿となって、その間に生まれたのが直茂だった。

慶誾が見込んだ直茂は隆信より九歳年下で、天文七年（一五三八）の生まれだった。隆信と直茂は従兄弟同士ということになる。血の近さからいっても申し分なかった。なにしろ文武両道に長けた若者として評判が高かった。

ところが問題が一つあった。実は清房は土橋栄益の反乱には加わらなかったが、隆信の粗野な性格を嫌って、本家を相続する際は最後まで反対した人物だった。その清房を味方につけ、その息子の直茂を隆信が最も頼れる重臣にするにはどうすべきか。

慶誾は熟慮を重ねた末に妙案を思いつく。

『隆信公御年譜』『直成公譜』『肥陽軍記』など諸本を参考にすると、慶誾は世間があっと驚く行動に出たのである。

隆信は二十八歳、直茂が十九歳の弘治二年（一五五六）春、慶誾は四十八歳であった。僧衣に白頭巾をかぶった彼女は、登城してきた清房に歩み寄ると「そなたも妻を亡くして何かと不自由をしておろう。私が良い女を紹介する。吉日をお選びなされよ」といって笑顔をつくった。清房は天文十八年（一五四九）に妻華渓に先立たれており、妻なしで七年間を過ごし、四十五歳になっていた。だが清房に再婚の気持ちはなく断るが、彼女は「悪い話ではない」と引きさがらなかった。

清房は慶誾が主家出身の後家であり、隆信の母であることから強くは抵抗できず、渋々承諾する破目になった。

しかし清房はつらつら考えても、花嫁は誰だかまったく見当がつかなかった。いまや龍造寺家の一族に列する重臣の自分に、家柄・年齢からみて釣り合う女はいそうもなかったのだ。「一体誰だろう」、疑念を抱きつつ、ついに吉日を迎えた。

花嫁を乗せた駕籠は鍋島氏の屋敷に入って、そのまま座敷へ進み、迎え出た清房の前に置かれた。上下《かみしも》をつけ威儀を正した清房が開いた扉に手を差し出す。そして花嫁の手を取って駕籠から導き出して仰天した。白無垢に身を包んだ花嫁は、誰あろう慶誾その人だったのである。

慶誾は四十八歳だったが年よりも若々しく見えた。自分の容貌に自信もあった。夫を失ってすでに十一年、彼女は還俗して花嫁になったのだ。当時の尼は丸坊主ではなく、肩口まで伸ばしていた。その髪がすでにわずかに伸びていた。

自分が清房の妻になれば、直茂はわが息子になって、隆信とは兄弟になる。夫清房も隆信を支援してくれるであろう。彼女は主家の権威を利用して、結婚という手段をもって鍋島家に入り込み、父と息子をしっかりと繋ぎとめたのである。

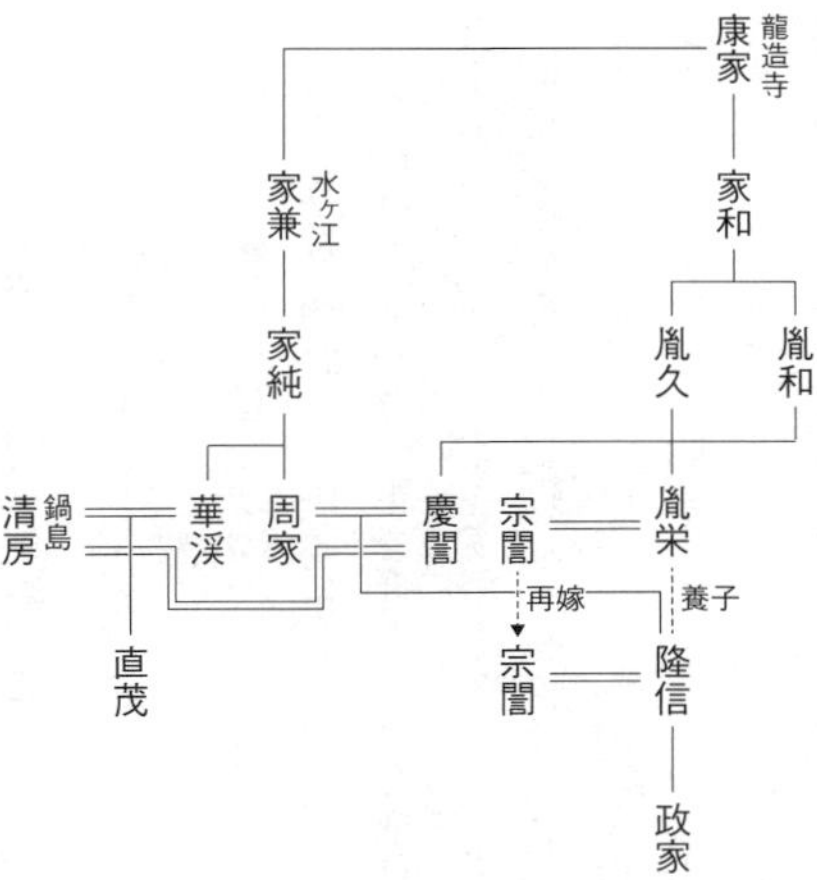

龍造寺氏系図

この慶誾の常識を超えた行動を非難する者もいたが、子を思う親心に感心する者が多かった。徳川家康も征夷大将軍になった慶長八年（一六〇三）のことだが、側室の阿茶局と慶誾の行動を話題にして、傑女だと称賛した。阿茶局は長久手や関ヶ原の戦場に同行し、政治手腕にも長けて、家康お気に入りの側室だったが、慶誾を褒めたことがわざわざ鍋島家に伝えられたという。

◉慶誾の目に狂いはなかった！　直茂、龍造寺の窮地を救う

慶誾の目に狂いはなかった。直茂は隆信を補佐して龍造寺氏を大きく飛躍させた。

この直茂について『肥陽軍記』はいう。「直茂は生まれつき慈悲深くて、人を思いやり、情けがあった。軍《いくさ》で進んで剣を取れば、敵は恐れ降《くだ》り、退いた。いったん政治を行なえば、万民は親しみ懐《なつ》いて、世に有り難い器量の人であった」と。

直茂がその真価を遺憾なく発揮する時が訪れる。元亀元年（一五七〇）、大友宗麟は龍造寺氏を討つべく高良山《こうらさん》（福岡県久留米市）に布陣し、弟（また甥とも）の親貞《ちかさだ》が大将となって、兵船も用いて六万の大軍で佐嘉城を包囲した。親貞は本陣を佐嘉城の北北西方八キロほどの今山の地（佐賀市大和町久留間）に構えた。いま大友公園が赤坂山にあるが、ここの中腹から山上にかけて布陣したのだ。

『肥陽軍記』は「尺寸の地を残さず大幕を張ったので、家々の無数の旗が山風にひるがえり、夕日に映ずるよそおいは立田川の紅葉、吉野の桜もかくあらんと思われた。また焚き続ける篝火《かがりび》は晴れた夜半の星のようで、朝餉夕餉《あさげゆうげ》の立ち上る煙は月の光を薄くした」という。

これに対して龍造寺の兵はわずか五千。まさに十分の一に満たない兵力では勝ち目

はなく、籠城しか策はなかった。しかし敵陣の体を視察した直茂は、当家の浮沈はまさに今だが、勝負は必ずしも兵の多少にあるのではなく時の運・不運であるとして、八月十九日夜の軍議で、起死回生の夜襲を提案した。

『北肥戦誌（九州治乱記）』はこう述べる。「直茂は隆信に向かって『明日は四方の寄せ手一同が当城に攻め寄せると聞えてきていますが、城中この小勢では千万に一つも利を得ることはありますまい。よって某《それがし》は御免こうむって、今夜大友八郎（親貞）が陣を夜討ちして十死一生の勝負を決することを許されよ』としきりに頼んだが、隆信をはじめ重臣たちは誰も同意しなかった。

今も残る佐賀（嘉）城の鯱の門

だが六十に余る齢《とし》の隆信の母慶誾尼が軍評定の席に推参し、牙を噛んで申されるには、『只今、左衛門大夫（直茂）の申す処、図に当って余儀なし（この計画以外に方法がない）、我が城中の男の様を見るに、皆敵の猛勢に気を呑まれ、猫にあった鼠《ねずみ》のようである。ただ今、信生《のぶなり》（直茂）の申すに任せ、今夜なにがあろうと敵陣へ切り掛かり、生死二つの勝負を決すべし』と申され、隆信は同意した」

隆信以下、誰もが臆病風を吹かせて、夜襲に二の足を踏む者たちを叱咤し、泰然として慶誾は直茂を支持した。彼女の賢女ぶりがうかがえる。慶誾はまさに龍造寺の要であった。

直茂はすぐに佐嘉城を出陣した。主従はわずか十七、八人に過ぎなかった。途中追いついて加わる将兵が相次いだが、それでも総勢は八百人に過ぎなかった。

だが放った斥候が嬉しい情報をもたらした。今山の陣では明日の城攻めは楽勝だとして大友親貞以下の諸将、さらに士卒までもが首途《かどで》を祝い、酒宴に興じ、夜討ちなど夢にも思っていないというものだった。

直茂らはただ大友親貞の帷幕をめざした。何の警戒もせず、酔いつぶれた兵たちの陣営を難なく気取《けど》られずに通過した。やがて茗荷丸《みようがまる》の紋（杏葉紋《ぎようよう》）をつけた帷幕に辿り着いた。大友家の家紋である。直茂は従う者に「美《うる》わしきあの紋を見よ。いま一戦のもとに陣営を切り崩し、これを吉例としてわが紋にすべきぞ」と叫んで、朝六時、ほら貝と鐘を合図に鬨《とき》の声を上げて陣営に斬り込んだ。

不意を突かれた大友軍は何万もの敵が突然襲ってきたと錯覚して、あわてて武具を取り、いたるところで同士討ちして大混乱となった。大将親貞は応戦もできず、やっと主従三騎で逃げる途中であえなく討たれた。大友勢は大将の死で総軍大崩れとなって、直茂は千人に満たない兵で六万の大軍を撃退したのだった。

この大勝利を起点として隆信は北九州で勢力を伸ばし、九州三大名の一人にのし上がっていく。直茂を支持して、夜襲を決然と促した慶誾は、承久の乱を前に鎌倉方の結束を訴え、宮方を打ち破った尼将軍・北条政子を彷彿させるものがある。

◉息子隆信の首の受け取りを拒否した慶誾

それにしても隆信は五州二島の太守となって傲慢になり、独善的になった。慶誾はそんな息子に眉をひそめるようになる。

鈴木敦子著の論文「龍造寺隆信と母慶誾尼について」は、隆信の長信に与えた手紙（多久家文書）から分析して、慶誾は佐嘉城の隆信の所よりも、弟の長信の水ケ江城を好み、長逗留することが多かったという。文中に「爰元《ここもと》（自分）ハ見かぎられ候」「我等共ハ子の内とは不被申《もうされず》候」と慶誾に愛想をつかされたことを嘆き、「同子ニ而《しかり》候《そうら》へ共、其方ハかうかう者ニ而《て》候」と自分と長信は同じ母の子だが、お前の方が孝行者だと羨みもしている。

隆信のために押しかけ結婚もした慶誾だったが、晩年は隆信の性格ゆえに悩むことも多かったことが、この手紙から見て取れる。

そして隆信の気性の激しさ、傲慢さがアダになった。肥後や筑後の諸将は隆信を嫌いだし、息子政家が妻に迎えた実家の有馬晴信さえ、離反して島津氏に通じた。激怒した隆信に直茂は「有馬は不仁ではありますが親類衆、五州に冠たる者の度量として、仁情を施されませ」と諭したが、隆信は有馬氏を許せぬと島原に自ら出撃し、天正十二年（一五八四）三月二十四日、島津・有馬連合軍が待ち受ける沖田畷で激突した。だが軍上手《いくさ》な島津の伏兵が隆信の陣の背後に回り込む。時に隆信はぶくぶくと肥っていて馬に乗れず、六人の兵に駕籠を担がせ指揮を執っていた。だから機敏な行動がとれず、首を取られる結果となった。戦国大名で兵に首を討たれて死んだのは駿府の今川義元とこの龍造寺隆信ぐらいである。隆信は五十六歳だった。

ここに目を疑りたくなるような出来事が起きる。島津氏は討ち取った隆信の首を返還しようとした。ところが『直茂公譜』によれば龍造寺側は「不運の首、この方へ申し請けても無益な事なり」といって、受け取りを拒否したのだ。

しかもそう発言した人物は誰あろう、母である慶誾だったと『歴代鎮西志』は記す。すなわち「龍造寺使いを遣わし相謂《い》うと云う、不運の頭《こうべ》所用なし、蓋《けだ》しこれ母公慶誾の誨《おしえる》ところ也」と。

慶誾が本当にそういったかどうか真相は不明で、直茂の発言との説もある。しかし直茂ならば、慶誾がこれを阻止できる立場にあった。少なくとも不肖の息子になって暴走し討ち死にした、わが子への慶誾の複雑な想いがこの一件の背後に見え隠れしている。

その首に逸話がある。受け取りを拒否された首を島津の使者が持って帰国の途中、急に首桶が重くなって動かなくなった。使者は高瀬川（菊池川）が龍造寺と島津の境界なので、隆盛の霊はここより先の島津の地に行きたくないのだと思った。そこで地元の僧侶に供養を頼み、手厚く葬ってもらった。いまその地・願行寺《がんぎょうじ》（熊本県玉名市）に隆信の首塚がある。

◉再婚時から鍋島氏への権力移行を考えていた慶誾

隆信の死によって、島津、大友らが虎視眈々と肥前をねらう中、隆信の嫡子政家が龍造寺氏を相続するが、非力なため領国政治を直茂に委任した。一方、政家は天下人への道を突き進む豊臣秀吉から肥前一国を安堵される。

しかし慶誾は政家が病弱で、幼い曾孫の高房では龍造寺家の将来は危ういと思った。家臣たちにも同様な不安があった。

慶誾は家臣が並み居る前で「いま直茂をおいてほかに、天下にご奉仕でき、家を存続できる者はいない。直茂と隆信は兄弟ならば、政家は家督を直茂に譲ってしかるべきである」と宣言した。龍造寺氏の大御所となっていた慶誾の言葉に反対する者はなく、彼女の強い意志で、龍造寺氏は鍋島氏へと衣替えすることになる。

この慶誾の意向に沿って、天正十五年（一五八七）に秀吉から政家は肥前の国を安堵されたが、三年後に隠居を命じられた。しかも秀吉は朝鮮出兵を龍造寺にではなく鍋島に命じ、龍造寺家臣団は直茂のもとに糾合されるのである。

この間、慶誾は至って元気だった。太閤秀吉は朝鮮出兵の指揮をとるため名護屋城（佐賀県唐津市）に滞在した。だが、文禄元年（一五九二）七月、母の大政所《おおまんどころ》が危篤になって急ぎ大坂に帰るが、死に目にあえなかった。その帰りの際の逸話が『葉隠』に出ている。

太閤秀吉は佐嘉上道を通ったが、川上川の下《しも》を名護屋の渡しというのは、その時の渡しから呼ばれるようになった。この時に慶誾様のお考えで「方々から戸板を集め、それぞれ竹四本の足をつけた上に、飯を堅く握り、土器に盛り並べ、尼寺通筋に出し置くように」と仰せられた。太閤様が通りがかって御覧になされ、「これは龍造寺の後家の働きであろう。食べ物のない道筋、我ら上下が困っているのに、気付くとは誠に感心である」と仰せられ、手に御取りになって「武篇《ぶへん》の家は女までが斯様《かよう》に気働きができるのだ。この堅い握り具合を見よ」とお褒めなされた。さらに土器に目をとめ、「無類の物」といって、焼物師を名護屋まで呼び寄せ、「土器の手際無類なり、九州名護屋においてその司となすべき者なり」との御朱印を賜った。

慶誾の気働きによって、佐嘉の焼物師までが注目されるよい結果を招いた。その彼女は太閤秀吉に歳暮や正月の祝儀を贈るなど、龍造寺・鍋島のために秀吉との結びつきを大事にした。

慶誾は慶長五年（一六〇〇）三月一日、九十二歳で大往生をとげたが、最後まで矍鑠として肥前の未来を考えて生きた。江戸幕府のもとでも鍋島藩が公認され、三十五万七千三十六石（慶長検地）の雄藩として、明治維新まで肥前国を治めた。『歴代鎮西志』は慶誾のこんな言葉を伝える。

「われ曾《かつ》て縁を清房に結び、隆信に信生《のぶなり》（直茂）を与《あた》ふ。相《たがい》に天倫（天の道理）を為《な》すは国家の相続を慮《おもんぱか》っての以《ゆへ》なり。功また信生に在《ある》なり。誰その嗣《し》を争い、各神文（起請文）而《しかして》信生に服すべし」

慶誾は自分が清房と結婚し直茂を隆信の弟にしたのは、肥前の国の存続を思ってのことであり、直茂の度重なる功績は大きく、その後継者に直茂はふさわしく、各人は起請文をもって直茂に服せよと述べたというのだ。

高伝寺の慶誾尼墓

押しかけ女房を企んだのも、国を想ってのことであり、鍋島氏は慶誾の深遠な経略から生まれたのだと、『歴代鎮西志』はいうのである。

慶誾や恐るべし！

もし彼女が男であったなら、間違いなく一国一城の大大名になっていたであろう。

10 立花誾千代（立花山城・福岡市など／柳川城・福岡県柳川市）

名将の夫宗茂を軽んじたお姫様城主

◉七歳のお姫様城主の誕生

城跡の堀を観光客を乗せた舟が行き交う水の町、いまは城の面影はその水堀にしかない。福岡県柳川市は江戸時代の約二百五十年、立花氏の城下町であった。

ここに良清寺という寺があって、「西国一の武将」と豊臣秀吉が絶賛した立花宗茂をしても、そのじゃじゃ馬ぶりを制御できなかった妻である誾千代《ぎんちよ》が眠っている。宗茂は元和七年（一六二一）、寺町に良清寺を建てて、妻の肖像画を奉納し、「光照院殿《こうしよういんでん》泉誉良清大禅定尼《せんよりようせいだいぜんじように》」と刻んだ一メートルもある大きな位牌を作った。その十三年後の三十三回忌には腹赤村にあった墓を当寺に改葬して、逆境の中で死んだ彼女の無念に答えた。

だが寺に残る死後伝説は、勝ち気な誾千代の性格と夫婦不和の原因を物語って興味深い。道を挟んで瑞松院がいまもある。宗茂の側室・矢嶋の娘の遺髪を葬った墓が寺にはある。夜中、両寺から飛び立った火の玉が、空中で絡み合い、ぶつかり合って喧嘩をするのを見たという人があとを絶たなかった。両女は死後も、すでに冥界の人となった宗茂をめぐり、激しいバトルを繰り返したというのだ。

立花誾千代――生まれながらにしての女城主といえる。『誾千代姫年譜』によれば、永禄十二年（一五六九）八月十三日に筑後山本郡問本城《といもとじょう》（福岡県久留米市草野）に生まれた。父は立花丹後守源鑑連《あきつら》入道麟伯軒道雪《りんはくけんどうせつ》、母は問註所《もんちゅうじょ》安芸守三善鑑豊《あきとよ》の女《むすめ》とある。

柳川城跡の水堀

誾千代の巨大な位牌（柳川市・良清寺）

闇千代の名は道雪の求めによって、肥前加瀬の僧・増吟《ぞうぎん》が命名したもので、「闇」は「おだやか」とか、「つつしみ深い」という意味であるが、どうやら彼女の性格は名前とは逆になってしまったようだ。

　闇千代の母は名前を於仁志《おにし》といい、道雪とは再婚だった。はじめ安武《やすたけ》河内守菅原鎮《しげ》政《まさ》に嫁いで二人の子をなした。兄を亀菊丸《かめきくまる》、妹を於吉《おきち》といった。夫鎮政は永禄八年冬、龍造寺隆信に味方して筑前内野において死んだ。そこで妻と子は鎮政の父である鎮則《しげのり》のもとに身を寄せたが、於仁志は永禄十一年十一月二十八日、二児を連れて道雪と再婚し、翌年に生まれたのが闇千代だった。父が異なる兄と姉に可愛《いとこ》がられて闇千代は育った。やがて兄の亀菊丸は筑前箱崎座主の麟清《りんせい》（大友宗麟の従兄弟）の養子となって方清《ほうせい》と号し、姉の於吉は筑前糟屋郡米多比《ねたみ》城（福岡県古賀市）の城主・米多比丹波守鎮久《しげひさ》に嫁いだ。

　闇千代が数え三歳の時だった。道雪は主君の大友宗麟から、毛利氏の侵攻を阻止する任務を担い、筑前糟谷郡の立花山城（福岡市東区・福岡県糟屋郡新宮町）の城督に任じられ、妻や闇千代などの家族を伴って移り住んだ。実はこの時まで父は戸次鑑連《べっきあきつら》といったが、名門の立花姓を継ぎ、しかも道雪と号したのである。

　道雪と前妻の間には子供ができず、後添えの於仁志との間にも男子は生まれなかった。道雪にとり五十七歳にして得た闇千代だけが唯一人の子供だった。それだけに道雪は武術だけでなく、兵書も与えて兵法の勉強までさせた。道雪は誾千代を男の子のように育てた。

大友家の三家老の一人だった道雪に、宗麟は養子を迎えて家督を譲るように勧めたが頑としてこれをはね付けた。宗麟はついに折れて天正三年（一五七五）五月二十八日に誾千代への家督相続を認めた。ここに七歳のお姫様城主が誕生した。道雪は幼い娘に城督としての地位、所領、諸道具の一切を譲ったのだった。

誾千代が家督を継いだまさに同じ日に、母の於仁志が亡くなったと『誾千代姫年譜』はいい、法号は宝樹院殿満譽慶圓大姉《ほうじゆいんでんまんよけいえんだいし》、立花山養孝院に墳墓を建てたとある。ただし母於仁志の死を元和二年（一六一六）五月二十八日とする異説もある。

◉父が気に入った婿宗茂を下目に見た誾千代

誾千代は立花山城で伸び伸びと育つ。剣をよく打ち、周囲の山野を馬で駆け巡る。兵法にも通じるようになり、聡明で活発な少女となって、家臣や領民からも愛され、道雪をこの上なく喜ばせた。

道雪は根っからの武人であった。誾千代も女武将として采配を取ってほしかった。道雪は不屈の人である。

若い時、夏の暑さを避けて大木の下で昼寝をしていると、轟音とともに稲妻が走った。手元にあった千鳥の脇差を瞬時に抜いて、涼んでいた場所を飛び退《の》きながら、落ちてきた雷を切り裂いた。その峻烈な武勇を物語って、千鳥の脇差を雷切丸《らいきりまる》という。だが雷は道雪の体を通って地中に抜けた。このため道雪は半身不随になった。

だが彼の不屈の魂はこの不運を克服して、愛刀と鉄砲を手輿《てごし》に入れ、指揮棒を手に、若い家臣百人ばかりを手輿の左右に従えて出陣した。戦闘がはじまれば、後陣に控えるのではなく、手輿を担がせて常に戦いの真っ直中に飛び込んだ。大小合わせて百四十余の戦いに出て敗れたことはなかったといわれ、まさに大友家の守護神だった。

道雪はすぐれた家老でもあり、若い頃の宗麟のだらしない生活を諫めて、堕落しそうになった宗麟を立ち直らせた。道雪は参戦しなかったが、耳川の戦いで島津に大敗して以降、衰退に向かう大友家を裏切ることなく、義を貫き、忠誠を誓って奉公した。

誾千代はそんな偉大な父を見てきた。女ながらも一歩でも父に近づきたかった。だが道雪は自分の目の黒いうちはいいが、死後を考えれば不安だった。良き婿を迎えて立花家を誾千代と二人で盛り立てていってほしい。道雪はそう願った。

高橋紹運《じょううん》は〝器量の仁〟と讃えられ、道雪を慕い、道雪と一心同体で大友家を支えた勇将だった。紹運の名声と畏敬の念は敵対した龍造寺や島津だけでなく、遠く武田信玄や豊臣秀吉らのもとにまで届いていた。紹運は道雪より三十二歳も年下だったが、老獪な道雪から戦いの術《すべ》をその実戦で学んできた。息子のいない道雪は紹運をわが息子のように可愛がり、また信頼していた。

道雪はある時、紹運に「わしはもう年だ。だが敵はますます盛んになる。自分が死んだら、誰がそなたと心を一つにして大友家を守るのだ。どうだ、嫡男統虎《すべとら》をわしにくれぬか。さすれば立花と高橋でいつまでも大友家を支えられる。それが国のために最もよい」と懇願した。

紹運は仰天した。紹運には男の子が二人いた。二男を欲しいというのならまだしも、子供ながらすでにすぐれた資質が明らかな嫡男を欲しいとはあまりであると困惑した。最初は渋った。だが道雪の熱意に負けてついに承諾する。

天正九年（一五八一）八月十八日、道雪は統虎を嗣子《しし》となし、十月二十五日に立花山城において誾千代と祝言をあげさせた。『誾千代姫年譜』には、彼は永禄十二年八月十三日の生まれとあり、『立花家譜』など多くの記録も同様に記すが、これが事実ならば、誾千代と宗茂（統虎）はまったく生年月日が同じで、十三歳同士で結婚したことになる。これはにわかに信じられないところだが、宗茂自身が寛永十五年（一六三八）の手紙で、自分を七十二歳といっていることなどから逆算すると永禄十年（一五六七）生まれになり、こちらが正しければ誾千代より二歳年上になる。

それはともあれ、ここに統虎は立花氏の養子となって誾千代と結婚した。誾千代が結婚して美しさを増したのは嬉しかったが、一徹な父の気性を受け継いで気が強く、道雪に蝶よ花よと育てられ、家臣や侍女からもちやほやされてわがままだった。しかも自分が城主で、夫宗茂をまるで自分の家臣と見下す態度もみせた。

結婚して四年になった時、父道雪は龍造寺との交戦中の柳川城攻めの陣中において七十三歳で病没した。

すると誾千代はますますわがままになり、妊娠する気配もなく、父の後継者は自分だとして女城主を決め込み、「しょせんあなたは養子よ」といって、政治にまで口出しし、宗茂と衝突した。城主が二人いる感じで、家臣も困惑するようになる。

◉武功を重ねる宗茂に側室……亀裂は決定的に

大友宗麟が島津の攻勢に耐え切れず、大坂城に豊臣秀吉を訪ねて九州出陣を請うた。天下統一をめざす秀吉は宗麟の求めに応じて九州に出陣する。その直前、島津は立花山城を攻めた。宗茂は道雪が見込んだ婿だけあって、降伏を拒んで城を守りきり、島津が引くとこれを追跡して勝利した。しかも秀吉へと動く時流を読んで、秀吉に味方して九州平定の先鋒となった。宗茂は秀吉に気に入られて、十三万二千石の柳川城主に取り立てられた。

柳川城は道雪が落とせず、長陣の上で死んだ因縁の城であった。生きていれば養父が喜んでくれることが間違いない城を得たのだ。ところが十九歳になっていた誾千代は喜ばなかった。父の墓があり、幼い時から親しんだ立花山を離れたくないと不平不満をいって宗茂を困らせた。

　この夫婦の関係が冷え切ったのは、俗説では秀吉との不倫が原因だという。宗茂が朝鮮に出兵した留守中に、名護屋城（佐賀県唐津市）に他の九州の大名夫人と同様にご機嫌伺いに行った誾千代が、秀吉の目に留まり、数日にわたり城に留め置かれ、強引に秀吉に蹂躙されたと噂になった。帰国した宗茂がこれを聞いて怒り、二人の仲は決定的になったというのだ。しかし誾千代は秀吉と対面したが、そのような事実はなく、これは後世の作り話のようだ。

　破局はむしろ宗茂が誾千代の目を盗んで別の女に惚れたからだとみられる。ある重臣が京の女を娶《めあわ》せた。誾千代の没後に正室になった家臣・矢嶋勘兵衛秀行の娘である。矢嶋秀行はもと近江に小城をもつ武士で、妻は公家の出とされ、娘は気品のある京美人だった。朝鮮の碧蹄館の戦いで明軍を撃ち破り、日本軍の劣勢を見事に挽回させた宗茂は、一時帰国すると、妻との不仲からこの京美人に心を惹かれ、両者は愛し合うようになった。

　誇り高い誾千代がこの二人を許すはずがなかった。彼女は二十七歳の文禄四年（一五九五）、柳川城の本丸御殿を何の未練も残さず飛び出す。だがさすがに〝女城主〟である。外堀から百メートル離れた水田と馬場があった宮永の地に、何と三万平方メートルの土地を得て、これを水堀で囲み、屋敷を建てて、侍女や家臣も引き連れて住み、完全な別居生活に入ったのである。代わりに矢嶋の娘は三の丸に屋敷を与えられて、堂々とした側室の身分になった。

誾千代は「宮永さま」と呼ばれ、宗茂がこの宮永館に立ち入ることはなかった。彼女は心の憂さを侍女や家臣との武術に興じることで晴らした。兵書など書物を相変わらず読んで、自由気ままな〝独身生活〟を送った。

◉夫婦別々に籠城して戦い、敗戦後も配所で別居生活

五年後の慶長五年（一六〇〇）、関ヶ原合戦では、宗茂は徳川家康や加藤清正の誘いを断り、豊臣家への恩顧を忘れず、石田三成の西軍に味方した。彼は徳川方の大津城（滋賀県大津市）を攻めて大いに気を吐いた。しかし関ヶ原の本戦で三成が敗れて西軍が瓦解したため、急ぎ柳川城に帰り、東軍を迎え撃つ準備にかかった。

宗茂は攻められればひとたまりもない宮永館を心配し、誾千代に柳川城に入るように促した。だが彼女はこれを拒んだ。

女城主の誇りにかけて紫縅《むらさきおどし》の鎧《よろい》をまとい、宮永館を守るべく、二百余人の侍女や家臣をてきぱきと指揮して守りを固めた。ここでさすが道雪の娘と感心させられることがある。戦略・戦術を彼女はしっかりと学んでいたのだ。彼女は肥前の鍋島軍は有

明海からも兵船で攻めてくると予測した。『誾千代姫年譜』に、誾千代は肥兵が必ず南海より襲うであろうと予測し、あらかじめ役人に命じて農夫に南浦を守らせたために、敵船は押し寄せてきたが近づくことができずに去ったとあり、これは夫人の功績だと褒めている。

この戦いでは攻め手の黒田官兵衛や加藤清正は、宗茂を高く評価しており積極的に戦う気持ちがなかった。とくに清正は朝鮮で宗茂に助けられたこともあり、宮永館に誾千代がいると聞くと、反対方向に回る気配りをみせた。その中で肥前の鍋島氏は、はじめは西軍に身を置いたこともあって、手柄を立てようと必死に攻め、立花勢も討って出て城の北方で激しい戦闘を展開した。

結局、清正が間に入り和睦が成立する。清正は宗茂に同情して一万石を与えて、家臣らも引き取り、彼らにも禄も与えた。宗茂は家臣二十一人と肥後高瀬（熊本県玉名市高瀬）に移る。一行に誾千代の姿はなかった。敗れて国を失っても、誾千代は宗茂と一緒に行くことを拒否した。清正もこの別居夫婦にほとほと困った末、やむなく宗茂の住居地から十キロ近く西に離れた腹赤村（同県玉名郡長洲町腹赤）の百姓・一蔵の家に住まわせた。

だが誾千代にとって立花家が消えて、柳川を追われたことは堪《こら》えがたかった。夫には意地を張り続けたが、その実すっかり気弱になって、淋しさもつのった。慶長七年

（一六〇二）、誾千代は病の床に伏すと、三カ月後の十月十七日、あっけなく三十四年の人生を閉じたのである。

宗茂は誾千代の死を心の震える想いで聞いた。意思の通わない夫婦であった。だが宗茂には立花家を潰した申し訳なさがあった。その痛みを胸に翌年、徳川家康・秀忠に拝謁し、敵対したことを詫びた。宗茂は過去の名声をもって許され、陸奥棚倉（福島県東白川郡棚倉町）に一万石をもらった。さらに一万石を加増される。大坂の陣では徳川に属して従軍し、その功により元和六年（一六二〇）、十万九千六百余石をもらって、奇跡ともいえる柳川城主に復帰したのだ。

降伏して柳川城開城から丸二十年、懐かしい地を踏むと、宗茂は真っ先に誾千代を祀る良清寺を建立して、誇り高かった〝女城主〟の無念を弔ったのだった。

第4章　領国を差配し慕われた女城主たち

11　清心尼（八戸根城・青森県八戸市／鍋倉城・岩手県遠野市）
巫術を重んじた尼殿様は『遠野物語』の原点

◉危機を救ってくれた恩義……信直、最愛の娘を嫁がす

「遠野は民俗学の高天原《たかまがはら》」といわれる。山の神、天狗《てんぐ》、河童《かっぱ》、座《ざ》敷童子《しきわらし》、オシラサマ、コンセイサマ、雪女などなど——民話のふるさとである岩手県遠野市、江戸時代のこ
こ遠野の初代の御殿様は女であった。

幼名を女女《めめ》といい、長じて子子《ねね》（禰禰とも書く）といった。出家して浄地院《じょうちいん》の法号をもらったが、誰もがそうは呼ばず、家臣たちはその貞節に感服して清心尼《せいしんに》といって敬ったのである。

清心尼が一万二千五百石をもらって南部藩の支藩ながら女城主になったのは、実は遠野ではなく、現在の青森県八戸市であった。それが盛岡の南部本藩の都合で八戸から移されたのだが、その裏には南部本藩の苦悩を経て、恩を仇で返す専制的な横暴が

あったといえよう。

南部藩が日本列島の北にあるのになぜ南部というかといえば、その本貫の地が、青森県や岩手県ではなく、山梨県の南端にある南巨摩郡南部町から起こったからであり、その地名から南部氏と称したのだ。ちなみ南部氏は甲斐源氏の流れを汲む。

南部初代の光行《みつゆき》は源頼朝から糠部《ぬかのぶ》の地（青森県東部から岩手県北部）を賜ると船で八戸に上陸し、湊のある八戸とそこから続く山地の現在の南部町、三戸町の地域に城を築いて拠点にした。

戦国時代、三戸城が南部氏の主城だった。また南北朝の時代、南朝方だった南部師《もろ》行《ゆき》は奥州を平定する根本の城にするとして建武元年（一三三四）に八戸根城を築いた。そして根城南部は時に本家を上回る力を持ち、時に手を携え、時に離反しながら、相拮抗して並び立ってきた。

その戦国後期、南部氏中興の祖といわれる第二十六代の信直《のぶなお》は、中央に豊臣秀吉という天下人が出現する中で、難しい舵取りをしなければならなかった。南部家臣だった津軽為信に青森県の西半分の津軽の地を奪われたうえ、南部宗家の跡目争いで激しく対立した九戸《くのへ》政実《まさざね》も独立をねらい反旗をひるがえそうとしていたからである。

そんな折、秀吉は自分のもとに馳せ参じて臣下の礼を取るよう東国の諸侯に号令した。信直はジレンマにおちいる。行きたくても行けなかった。行けば政実は為信と連携して三戸城を攻めて乗っ取るに違いなかった。また行かなければ秀吉に南部の地を没収されることは明らかだった。

この窮地を救ったのが八戸根城の南部政栄《まさよし》であった。政栄は自分が三戸城を守るからといい、二心ない証として、息子の直栄《なおよし》を差し出した。信直はこの直栄を同道して、北条攻めで小田原に出陣していた秀吉に対面し、無事に南部の所領を安堵されたのである。

実はこの時、本家を差し置いて八戸南部が秀吉のもとに参じていれば、八戸が大名になっていたであろう。その証拠に、津軽を奪った為信は信直よりも一歩早く秀吉に対面したために、南部から奪った地にかかわらず、津軽の地を保証され、為信は大名となれたのだ。だが政栄はあくまで本家を立てたのである。信直にしてみれば、感謝してもしきれない政栄の好意だった。そして信直は小田原に一緒に行った直栄が好青年であることもあって、自分が愛してやまない長女・千代子を直栄の妻として与えたのだ。

しかし直栄は病弱だった。一方の信直は嫁いだ千代子に対し、男親としてだけではなく、母親の役目も担った。なぜならば妻は一人息子の利直とともに、秀吉の人質政策によって、京都に強制的に住まわされ、再び三戸城、さらには新たに築城した後に移る盛岡城に帰ることがなかったからだ。

信直は母親の想いもわが想いとして、千代子にせっせと手紙を送って励ました。手紙は「夫の目の治療も大事だが、まず温泉などにつかって体を治しなさい。薬より大切なのは食べることだよ」といった、婿直栄の容態を気遣うやさしさにあふれる。

しかし結婚五年、文禄四年（一五九五）八月十七日、二十五歳で直栄は病没した。千代子は同い年か一、二歳年下だったようだ。短い結婚生活の間に一男一女をもうけたが、男の子は夭折し、女の子だけが育った。この女の子が子子《ねね》、つまり清心尼である。

◉夫・嫡子が死んで根城南部に女城主誕生

おそらく信直の根城南部への恩義からであろう。普通は嫡子のいない妻は実家に引き揚げる。しかし千代子は実家に帰らず、根城に残って子子を育てた。

はっきりしないが、千代子は本家の父信直の支援を受けて、後継ぎのいなくなった根城南部で女城主として政治を見たと思われる。そして結婚翌年の天正十九年（一五九一）に生まれた子子が、晴れて婿をもらう日を待ったのである。

この間、信直は九戸政実の乱に遭ったが、すでに秀吉の臣下だったので、これは秀吉への反逆とみなされ、秀吉は徳川家康や前田利家、蒲生氏郷などを派遣して鎮圧した。そして秀吉は津軽を為信の領地と認めたその代替え地として、信直に和賀、稗貫《ひえぬき》、志和三郡（いずれも岩手県中部）を与えた。ここに南部氏の所領が南に広がったことで、三戸城では北に寄りすぎて不便なため、信直は盛岡に進出して盛岡城（不来方《こずかた》城）を築き、新たな南部氏の本拠地とした。

慶長四年（一五九九）三月、盛岡城が完成したが、この年の十月五日に信直は享年五十四で病没した。この時、嫡子利直に「根城南部の恩義を決して忘れてはならぬ」と遺言した。

やがて子子が成長して結婚したのは、父直栄の弟の直政である。直政は婿養子となり第二十代根城南部の当主となった。

清心尼が最初に女城主をつとめた八戸根城跡

本家を継いだ利直は父の遺言を肝に命じ、根城南部が南部支藩ではなく、一国一城の独立した大名の領地として、徳川幕府に認められるように骨を折る。そしてまたとないチャンスが訪れた。慶長十九年（一六一四）、家康の息子である忠輝の居城・越後高田城（新潟県上越市）が天下普請で築かれることになった。利直は南部氏の名代（最高責任者）として直政を派遣した。思惑どおり直政は普請場大奉行に任じられる。この築城を見事成功させ、その功績をもって、大名に取り立ててもらう裏工作を利直はやった。

『八戸根城と南部家文書』によれば、高田に入った直政は、忠輝に太刀一腰と青毛の馬一匹を献上した。これに対し忠輝は直政の勉励を賞して衣服数領を与えた。だが思わぬ不運が見舞う。直政は五月三日から病気を患う。忠輝は心配して帰国するように促し、伝馬十疋を出してくれ、舟を使う場合の便宜もしてくれた。忠輝に感謝して高田を出発して間もない六月二十日、椎谷崎（新潟県柏崎市）で容態が急変し、二十八歳で客死したのである。夫は子子より四歳年上であった。

夫は物言わぬ人となって根城に帰ってきた。その悲しみの中で、何ということであろうか。いとしい嫡男・久松が病を発症し、しかも夫の葬送当日、一緒にあの世に夫がいざなうように、わずか二歳で死んでしまったのである。

茫然自失の子子、なぜこうも根城南部の男たちは次々に死んでしまうのか、呪われているとしか思えない現実に、同じ不運を経験してきた千代子と子子の母娘は抱き合って泣いた。

当主を失い、また一人息子を亡くして、根城南部を相続すべき男子（子子にはもうひとり娘がいた）のいなくなったことで、単独大名への昇格は絶望となった。

◉本家の横暴、下北半島を取り上げた末に遠野に国替え

すでに南部本家は盛岡城に移り、利直も父との約束は根城南部の男たちがいなくなったことで反故になったと判断し、支藩として根城南部を自らの支配下に入れようとした。そこで利直は姪でもある子子に、自分の腹心の一人（毛馬内某）と再婚させ、根城を思いのままに操ろうとした。

これに子子は激しく反発した。母の千代子も不快感を示した。子子は面当てのように出家して、この再婚話を断固拒否した。

根城の家臣たちは子子の一人娘が成長して養子を迎えるまで、子子を主君と仰ぎたいと利直に願い出た。父信直の遺言と姉千代子の手前もあって、利直は渋々これを認めた。

ここに根城南部に二十四歳という若い女の殿さまが誕生した。子子は落飾して浄地院の法号をもらっていたが、家臣たちは彼女を浄地尼とは呼ばず、その貞節を褒めて清心尼といって敬った。

女城主となった清心尼はすぐに難問に直面した。その年の十月、家康は大坂城の豊臣家を滅ぼすため、諸大名に出陣を命じてきた。彼女が将兵を率いて大坂冬の陣に出向くことははばかられた。そこで一族（根城南部の分家）の新田《にいだ》政広《まさひろ》に兵三百二十人を与え、清心尼の名代として出陣させ、本家の将兵と合流させた。

翌慶長二十年（一六一五）、豊臣家は夏の陣で滅び、年号は元和《げんな》と改められて元和偃武《えんぶ》と呼ばれる武器を捨てた太平の世が到来する。この年の六月十四日、清心尼がもっとも頼りとした母千代子が死ぬ（法号は玉峯春公大姉）。千代子は本家に睨みをきかし、その防波堤となってきた。そして恐れていたことが起きる。

利直にとって煙たい存在だった千代子がいなくなって、根城への遠慮がなくなり、様々な難題を押し付けてきた。その最たるものが、根城南部が所有する下北半島（田名部三千石）を本家のものにしようとする企みだった。

下北は山も海も資源が豊かだった。利直は幕府に手をまわしてその実現に奔走した。それを知った清心尼は、利直が三戸城に来たところに押しかけ、「とんでもない」と怒りに顔を赤く染めて直談判した。その気迫に押され、タジタジとなった利直は、直轄地とすることをあきらめ、下北の地を借り上げることで決着をつけた。しかし結局、借り上げるというのは虚言で、この後、下北半島は永遠に根城南部には戻ってこなかった。

また下北半島の三千石分の代替えとして浜通り二十三カ村を譲られたが、根城南部がずっとここを所有できたわけでもなさそうだ。それどころか、南部本家は八戸の地まで召し上げてしまうのだ。

八戸の地の召し上げ、遠野への国替えの以前にも、清心尼と利直の間にひと悶着あった。それは根城南部の後継ぎをめぐってのことだった。清心尼は一人娘・千代子

（祖母と同名）が成長したことから婿養子をとって、その者を後継者にする段取りを進めた。そこで一族であり重臣でもある新田家の十九歳になる弥六郎直義を婿に選んだ。そして清心尼は三戸城で利直に会って許可をとろうとした。ところが利直は本家の意向を無視して勝手に決めたことに腹を立て、席を立ってしまった。この後、面会を申し入れても利直は会おうとしなかった。利直は自分の息のかかった家臣を根城南部に入れて、その領地を自らの支配下に置き、根城南部を臣下同然の地位に落としたかったのだ。

だが清心尼はその心を見抜いていた。彼女は負けじと三日間、三戸城に滞在し、利直夫人に「他の者を養子にと申されても、根城の家中は絶対に受け入れません」とその覚悟を述べて、とりなしを依頼した。利直は結局、夫人の説得もあってその養子縁組を認めた。清心尼の粘り勝ちだった。

かくて元和六年（一六二〇）十二月二十八日、新田直義は根城南部に入った。清心尼は女城主として六年つとめた当主の座を、直義に譲ったのである。清心尼は隠居した。

その直義が遠野への国替えを利直から命じられたのは、当主となって七年後の寛永四年（一六二七）であった。『南部史要』は「寛永四年二月八戸氏の領地を八戸より遠野に移す、これより先き閉伊郡に無頼の徒多く暴動屢《しばしば》起り、郡中穏かならざるのみならず、遠野は伊達政宗の領地に接し、遠野の旧主阿曾沼《あそぬま》氏また政宗の許に潜めるを以て変の生ぜんことを恐れ、ここに有力の家臣を同地に移住せしむこと、なりたるなり、八戸氏の当主は八戸直義にして、命を受くると共に遠野に移り横田城（鍋倉城）に居りし」と記す。

南部氏は秀吉から領地をもらうことによって、伊達氏と国境を接することになった。しかし〝東北の暴れん坊〟と異名をとる政宗に、領土を侵略されるトラブルが続発した。そのため国境を守れる有力家臣として、根城南部の直義に白羽の矢を立て、国境にある遠野に国替えしたというのだ。だが『南部史要』のこの記述は表向きにすぎない。

下北半島だけでなく、八戸地方も豊かな穀倉地帯であり、八戸湊は良港であり、水産資源も豊かだった。この豊かな大地と海を利直は手に入れたかったのが本音である。

この無体な本家からの命令に、根城の家臣たちは激しく怒った。何しろ根城に八戸南部氏が成立して二百九十三年、ここは家臣らが八戸に何代にもわたり住みついた墳墓の地であった。「一戦交えても八戸を退去せぬ」と息巻く家臣たちを制したのは清心尼だった。

彼女は「利直殿の後ろには徳川幕府がいます。本家に刃を向けることは幕府に反抗することです。我らは先年の九戸政実の乱によって、九戸氏の家臣家族が皆殺しになった二の舞いをしてはなりません。理不尽な命令ですが、ここは将来を考え、じっと耐えて遠野に移ろうではありませんか」と諭し、男泣きする家臣をなだめた。清心尼の言葉に、不満ながら逆らう者はなく、主従は遠野に移り、ここに根城南部は消滅し、新たに遠野南部が成立したのだった。

◉殿様も平伏する〝片角様〟御開帳

この章の冒頭、遠野の江戸期最初の殿様は女だったと記した。事実、遠野の人々はこのことを誇りにしている。しかし正確には八戸根城から移った遠野南部氏の初代は直義であった。なのになぜ女の殿様が初代といわれるのか。

利直は直義に対し盛岡城への常駐を義務付けたからだ。それは直義を半ば人質とする意味合いをもっており、直義は遠野に帰れなかったのだ。そこで清心尼が遠野の政治を差配した。彼女は遠野に来た時は三十七歳、根城時代の経験を生かし、鮮やかでかつ女らしい目配りの利く采配をした。

まず城や館を新しくつくらず、標高三四三メートル、麓からの高さ七十八メートルの鍋倉山に阿曾沼氏によって築かれた横田城を、ただ鍋倉城と改名しただけでそのまま使用した。だから生活の場が山上にあった。

清心尼の差配で注目されるのは巫術性で、〝片角様のお叱り〟を毎年正月に開帳することで、統治の引き締めと風紀の粛正を図った。

片角様というのは七面天女の伝説をもとにしている。それは南部氏の遠い先祖の地・甲斐国と深くかかわる。南部根城の始祖である波木井《はきい》城（山梨県南巨摩郡身延町）の実長《さねなが》（波木井実長という）が身延山の地を日蓮に与えて、深く日蓮に帰依した。伝説では日蓮に竜神の美女が仕え、天竺《てんじく》に帰る際、一本の角を日蓮に、もう一本の角を実長に与えて去ったとする。

その秘宝の片角様を清心尼は受け継いだ。また身延山の渓谷を隔てて七面山があり、ここに七面天女《しちめんてんにょ》が祀られ、その霊験によって南部氏は守られているとして、七面天女示現陣中守護之大幡《じげんじんちゆうしゆごのおおはた》を軍旗とする。これは白地に赤く二つの蛇（龍）の目（蛇の目）が描かれたもので、日蓮真筆の「南無妙法蓮華経」の軍旗とともに清心尼に相伝された。

実は南部本家の利直が自らの家臣を彼女の再婚相手とし、またその娘の結婚に介入しようとするのを、清心尼がはねつけ、婿養子に一族の新田氏から直義を迎えたのも、根城南部に流れる波木井実長と日蓮にかかわりをもつ根城南部の血の純潔を守りたかったからであった。

その血を大事にする清心尼は実長と日蓮ゆかりの片角様を神聖視して当然であった。『遠野市史』によれば、片角様の御開帳は盛岡の遠野屋敷では正月七日、遠野では鍋倉城で正月十六日に諸士を集めて拝見させ、その時に〝片角様のお叱り〟が執り行なわれた。

開帳にあたり身分の低い足軽クラスを祭り男に定めた。開帳前日から斎戒沐浴して奥殿の清室に籠り、一晩中不眠不休で法華宗法印から呪文祈禱を受けて神懸りした。

当日、屋敷広間の正面に片角様をおさめたお堂の扉が開帳され、その後ろに祭り男が座す。当主を筆頭に重役・諸士・役人の全員が列席する中で、祭り男がお堂に手をかけながら、当主でさえ「弥六郎」と大声で呼び捨てにし、去年はこんな心得違いをした、ことしはそのような過ちをしてはならぬといったふうに叱るのだ。こうして世間に知れた非政や不道徳をなした家臣全員が、一つ一つその罪を衆目のなかで暴露され、叱責を受けたのだ。これに対してたとえ当主であっても、平身低頭し「今年は決してそのような過ちを犯しません」と謝るのだ。

清心尼がはじめたこの〝片角様のお叱り〟は明治に至るまで続き、悪政の阻止、綱紀粛正、風俗の乱れをなくすことに役だったのだ。ここで不思議なのは片角様の正体は一体なんなのかである。それは日蓮と実長が分かち合って所持した隕石であった。その天の奇跡とも当時信じられた隕石は、まさに宇宙からやって来た神と見立てられたのだ。

そして神懸りした祭り男が神の声を伝えるがごときその姿は、かつて清心尼が統治し本家に奪われた下北半島にある恐山《おそれざん》の「いたこ」の口寄せを連想させる。柳田国男の『遠野物語』は異界の諸霊と村人たちとの自在な交流を描くが、遠野のその諸霊の化身たちの民話の多くはすでに清心尼の時代に、村人たちが共有するものであり、その影響がこの片角様の開帳にも反映されたものと思われる。

しかも清心尼のこの巫術性をもった年ごとの行事は、村人たちに新たな異界交流民話を生む基層にもなったであろう。そういう意味でも遠野民話に清心尼が果たした役割は大きかったのだ。

◉箆持制を敷いて主婦の権利を尊重

片角様の御開帳とともに、清心尼が重視したのが箆持制《へらもちせい》である。箆はご飯を盛るのに使う。箆を持つということは台所の全権を担うことであった。これは妻は夫の仕事に口出ししないが、夫もまた家事に決して口出ししないことを定めたもので、主婦権の確立をねらった風習になっていく。

清心尼は家臣に箆持制を強いたが、女性たちの支持を得て遠野だけでなく、良風習俗として周辺地域の庶民にも広がった。

彼女はまた妾《めかけ》を持つことを嫌い、一夫一婦制を求めた。このため清心尼に続く直義、義長、義論《よしとき》の三代の殿様は側室を持たなかった。

『三翁昔話』によれば、清心尼は正保元年（一六四四）六月四日に逝去し、鍋倉城近くの大慈寺に葬られた。享年は五十九歳と五十四歳の二説があると記す。五十九歳では両親が結婚する前になってしまう。五十四歳では逆算すると天正十九年（一五九一）生まれとなり、両親が結婚した翌年の誕生となるので、こちらが正しいであろう。法号を異貌清公大姉《いぼうせいこうだいし》という。

最後に清心尼の墓について触れておこう。大慈寺は移転して、墓だけが残ったが、明治になって方形の石塔も失われた。明治四十四年（一九一一）に鈴木吉十郎によって書かれた「清心尼公墳墓修築顚末」によれば、同氏が清心尼の墓を探し当てた時、尺余の板状の石があるだけで、法号年月を知るべきものは何もなく、左右に小石の塊が五、六個と巨杉の古株があるだけだった。そこで背後の山中で巨石を見付けて台座にし、その上に楕円状の天然の石を置いて墓石とし、「南部家二十一代清心尼公遺跡」と書いた栗の木の墓標を建てて、周囲を玉垣で囲った。これが今ある墓で、後に脇に「清心尼公碑」と刻まれた石碑が建てられた。その墓の近くには女に悪さをする太郎河童の伝説地がある。

清心尼が住んだ鍋倉城跡
（遠野市）に置かれた河童像

12 遠山景任の妻岩村殿（岩村城・岐阜県恵那市）

敵将と結婚、信長に逆さ磔にされた叔母

◉日本で一番の高所にある山城

江戸中期（西暦一七四八年）、地元僧侶・隆峰によって書かれた『遠山来由記』は「美濃の州《くに》岩村霧ヶ城は、州の東極（東の果て）、縣《けん》（恵那郡）の南辺に在りて、地彊《じきょう》（地の境）、信参（信濃と三河の国）に接す。晶嶺《しょうれい》（水晶山）を襟《えり》として、裏山を裳《もすそ》とせり。登れば則ち行程二里余。営塁《えいるい》（砦）山巓《さんてん》（山頂）に連《つらな》って、之《こ》れを仰ぐに崔嵬《さいかい》（岩がゴロゴロして険しい）たり。城楼《じょうろう》（城の物見櫓）天に架するが如く。門陴《もんひ》（城門や城壁）雲を穿《うが》つに似たり。澗渓深邃《かんけいしんすい》（谷川が深遠）にして、自然の隍壍《こうざん》（空堀）を成す。（中略）朝雲、夕霧、気象万千。此れ則ち霧ヶ城の大観なり」という。

山間の地形から霧が湧きやすく、山頂近くにある霧ヶ井に城兵秘蔵の蛇骨を投じれば、たちまち全山が雲霧に覆われ、敵兵は迷って攻めあぐねて勝利するとの伝説によ

って霧ヶ城とも呼ばれる岩村城は、海抜七二一メートル、麓からの高さ二百メートルと、日本で最も高所にある近世城郭であって、「日本百名城」にも選ばれる。

森蘭丸をはじめ森氏三代十七年の間に、山の地形を巧みに利用して張りめぐらせた石垣は時に丸みをおびて山肌を包み、本丸の一部には六段積みの珍しい石垣もある。だが何よりも驚くのは、杉、檜《ひのき》、樅《もみ》の木々が鬱蒼と茂る近世城郭のいたるところに、土塁、空堀、土橋など中世城郭の岩村城の遺構が破壊されずきれいに残っていることだ。

この中世の岩村城から美貌の女城主の存在が浮かび上がってくる。それは織田信長の叔母であり、信長はこの彼女の裏切りが許せず、逆さ磔《はりつけ》にして生命を奪う。彼女は殺される瞬間、「我れ女の弱さの為にかくなりしも、現在の叔母をかかる非道の処置をなすは必ずや因果の報いを受けん」（『岩村町史』より）と絶叫して果てたという。この呪いによって、信長と岩村城にからんだ織田家主従の人々はことごとく潰《つい》え去ったというのである。霧に覆われることの多い岩村城はまた怨念の宿る城ともいえた。

源頼朝のもとに馳せ参じた加藤景廉《かげかど》は建久六年（一一九五）春、地頭として東美濃の遠山荘（岐阜県恵那市岩村町）をもらった。その長男・景朝《かげとも》は在住して遠山氏を名乗り、子孫は岩村城を本拠とした。

その遠山氏の滅亡について『遠山来由記』は「御坊丸は三歳の時に岩村に来て、八歳で景任が病没して家督を継いだ。左衛門尉《さえもんじょう》景任《かげとう》の養子、織田上総介平信長第五男也、元亀三年（一五七二）極月景任卒す故に其家業を継ぐ。幾《いくば》くならず秋山伯耆守《ほうきのかみ》が為に城を奪《うば》はる故に、岩村城守《ママ》の遠山家此《ここ》に於《おいて》永く断絶す」と記す。

御坊丸が家督を継いだ翌年の天正元年（一五七三）に武田二十四将の一人で高遠城（長野県伊那市高遠町）の主将・秋山伯耆守晴近《はるちか》（信友《のぶとも》・虎繁《とらしげ》とも）に城を奪われ、岩村城の遠山氏は治政三百七十八年で滅亡するのだ。

しかし、これはまことに奇妙な滅亡であった。岩村城は落城せず存続し、御坊丸はそのまま城におり、家臣たちは残った。それなのに遠山氏は滅びたのである。この不思議な滅亡劇を演出したのが、信長の叔母、つまり遠山景任の未亡人であった。

◉信長が婚姻政策で得た境目の拠点城

こんなことがどうして起こり得たのか。そこには岩村城の立地の良さがあった。国盗りをめざす新興勢力の織田信長と重鎮の武田信玄の両雄にとって、岩村城はぜひ欲しい城であった。信長が岩村城を押さえれば信濃・甲斐になだれこめる。逆に信玄が手に入れれば一挙に信長の美濃を攻略する拠点にできたのである。

信長は政略結婚によって岩村城を我が物にしようと動いた。織田家は美男美女の家系である。その美貌の叔母を景任に娶《めあわ》すことに成功した。

しかしこの彼女についてはほとんど何も伝わっていない。信長の叔母（信長の父信秀の妹）と一般に書かれることが多いが、伯母（信秀の姉）説を『甲陽軍鑑』はとり、寛延四年（一七五一）成立の地誌、町医者の首藤元震著『巖邑府誌《いわむらふし》』は信長の女弟（妹のこと）という。ただ年齢から勘案すると、やはり信長の叔母が正しいと思われる。また「お直の方」「おつやの方」といった彼女の名前が最近まかり通っているが、これは小説家がつけた名前であって正しくない。修理《しゅり》夫人とするものがあるが、夫景任は修理亮《しゅりのすけ》と呼ばれていたので、この呼び名は正しいといえる。居城名から岩村殿と呼ばれることも多い。

また年齢も不詳である。彼女ももちろんだが、夫景任も誕生した年は不明。ただし彼女が再婚した秋山晴近が天正元年（一五七三）の時点で四十七歳だった。時に彼女は若々しかったといわれることから、おそらく四十代の前半と想像される。しかも夫が死んだ場合、落飾する妻が多かったが、なぜか彼女は出家しなかった。

しかも子供ができなかったため、信長に頼んで息子の御坊丸をもらい、遠山家を継がせた。だが御坊丸がまだ幼かったため、彼女が後家として後見する形で岩

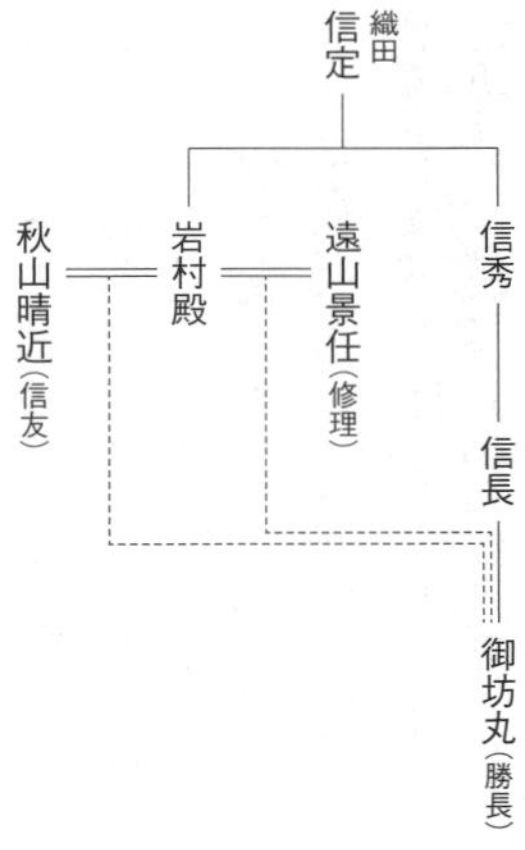

遠山氏系図

村城の女城主になったのだった。

ところで信長が東美濃を重視し、岩村城に叔母を送り込んだが、それだけでなく苗木城のやはり遠山一族・苗木勘太郎には妹を嫁がせていた。こうした信長の拡張策に信玄は黙って指をくわえて見ていたわけではない。

遠山景任が死ぬ二年前だが、元亀元年（一五七〇）十二月、信玄は秋山晴近に東美濃を侵略させた。この時、遠山一族はこぞって立ち上がったが敗北を喫した。だが晴近五千の軍勢は、遠山氏との戦いに執着せず、三河に転戦して徳川家康方の山家三方衆を攻めたため、遠山一族は救われた。

その秋山晴近は遠山景任が死んで、女城主が守る岩村城を攻めた。これは信長を憎しとする十五代足利将軍義昭が、武田信玄に上洛を要請し、本願寺、朝倉義景、浅井長政らと反信長勢力を結集して、信長を討とうとしたことによる。信玄は二万五千の上洛軍を率いて甲府を発った。晴近にはその別働隊として岩村城奪取を命じた。

◉和睦の条件は結婚……奇妙な策略で武田方の城に

信玄の本隊は元亀三年（一五七二）十二月二十二日、遠江国浜松北方の三方原（静岡県浜松市）で家康軍を撃ち破った。また晴近は岩村城下に押し寄せ、遠山氏の菩提寺・大円寺などを焼き払い、城攻めにかかったが堅牢な山城は落ちず、翌元亀四年

（一五七三）の春を迎えたのである。

岩村殿（修理夫人）は信長に援軍を求めた。だが三方原での家康の大敗を知って、信長は反信長包囲網を恐れ、美濃から近畿での戦い準備に追われ、しかも兵員も足りず、岩村城救済どころではなかった。来ない援軍に信玄の強さを知る彼女は、岩村城が遠からず陥落するだろうとの絶望的な気持ちに陥った。

一方の晴近も信玄の三方原での勝利にあせった。早く岩村城を落として本隊と合流し、信長攻略に参戦しなければならない。だが城はびくともせず、晴近の前に立ちはだかったままであった。何とかしなければ信玄の怒りを買う。

岩村城の石垣。信長の叔母・岩村殿の在城時は石垣はなかった。

ここに晴近は前代未聞ともいうべき計略をめぐらせる。隣村の住職を城の裏手の間道より遣わし和睦を提案した。

『巖邑府誌』はいう。「修理夫人に説いて曰く。『人生は白駒過隙《かげき》（人の一生は白馬が駆け抜けるのを隙間から一瞬見るように早い〔『史記』にある言葉〕）の如《ごと》し。夫人は青年（若く妙齢）なり。孤城を守るが若きは将《は》た誰が為なるか。方今《ほうこん》晴近　配《つれあい》　無し（いま晴近に妻はいない）。幸《さいわい》に婚媾《こんこう》（縁組）の好《よしみ》を通ずれば士卒鋒鎬《しそつほうこう》（戦い）の患《うれい》を免れん。亦《また》善かららずや』と。夫人悦んで諾す。則ち城を挙げて晴近を迎う」

この和睦条件には、夫婦になって二人で御坊丸を養育する約束もなされていたのだ。

この一風変わった敵からの提案に、城内は戸惑う。

御坊丸の乳母の夫・五十君久助《いぎみひさすけ》は勇猛な士であって反対したが、籠城の家臣には武田びいきの者も少なくなかった。また境目の城に生きる者の宿命として、強い方に味方する性向が家臣たちにあった。三方原での信玄の圧勝によって、多くの家臣たちがこの先、信玄の勝利、信長の敗北を予測して、武田方になびいたのである。

岩村殿もまた援軍さえ出せない信長に失望し、四カ月の籠城ですっかり弱気になって、信長に勝ち目はないと思うようになっていた。ここに彼女は晴近との結婚を受け入れて三月、城を開いて武田軍を招き入れた。

この時、信玄が重い病を患っており、誰が翌月死ぬことを予測できたであろうか。信長は窮地から脱し、彼女は逆に信長の怒りを買って窮地に陥った。

しかも彼女は晴近の男臭い魅力にとりつかれ、新たな幸せを摑むが、はたされなかった約束もあった。それは二人で御坊丸を育てることだった。

信玄の死が秘された中、晴近は信長の子である御坊丸を城主とすることで、武田家の新たな宗主となった勝頼から嫌疑をかけられることを恐れた。そこで御坊丸を甲府に人質として送ったのである。

◉信長に味方する遠山十八子城を武田軍が制圧

遠山氏はここに実質的に瓦解し、岩村城は完全に武田のものになった。信長は憤った。岩村城を本城にして遠山子城が十八あった。信長は加勢をそれぞれの子城に送って岩村城奪還をめざした。だが東美濃を重視する勝頼は天正二年（一五七四）正月、三万の兵を率いて甲府を発ち、わずか四、五日で苗木城、中津川城など十六の城をたちまち攻略した。驚いた信長は息子の信忠・明智光秀らに三万の兵をつけ、明知城（岐阜県恵那市明智町）を攻めようとしていた勝頼軍を牽制して近くの鶴岡山に布陣した。だが山県昌景らがこれを迎撃して撃退し、明知城をも攻略した。

残るは岩村城に最も近い飯狭間城《いいはざまじょう》（飯峡城）のみとなった。勝頼は一気に攻めて信長が送り込んだ家臣十四人をことごとく討ち取り、さらに城兵三百五十余人の首を伐ち懸け、城主の飯狭間右衛門佐を本丸の土蔵に追い詰めて生け捕りにした。

ここに信長が加勢の兵を送った十八の遠山子城は勝頼の手に落ち、信長を嘲笑って「信長は今見あてらや飯狭間　城を明知と告げの串原」と、今見・阿寺・飯狭間・明知・串原の落とした五城を詠み込んだ歌を、武田軍の足軽たちは口ずさみながら引き揚げた。

晴近の妻となった信長の叔母には信長を裏切った後ろめたさがあり、この戦いを不安げに見守っていた。だが武田軍の圧倒的な強さを目の当たりにして、岩村城の開城、そして結婚は間違いではなかったと胸をなで下ろした。

しかし、その安心は長くは続かなかった。束の間の平穏と幸せは翌年、一気に崩壊する。

天正三年五月二十一日、信長・家康の連合軍は三河国設楽原《しだらがはら》において、馬防柵を設けた内側に三千挺といわれる鉄砲を三段に構えさせ、勝頼が送り込む騎馬隊を中核とした武田軍を殲滅した。勝頼はすぐれたたくさんの家臣を失う。

信長は武田軍から大勝利をもぎ取った夜の内に、信忠に岩村城奪還を命じた。岩村城を取られた悔しさが頭から離れなかったのだ。信忠はただちに三千の城兵が守る岩村城を三万の大軍で攻めた。

岩村城は籠城して敵を迎えた。岩村城は高所にある山城だが飲み水には困らなかった。城のすぐ東にある水晶山の方が標高が高く、この山に降った雨が、サイフォン現象によって岩村城の山頂部に湧水となって溢れ出していたからである。

戦いは持久戦となった。この籠城戦の中で口合戦による悲話が『岩村町史』に出ている。『陸奥話記《むつわき》』に厨川柵《くりやがわのさく》（盛岡市）の戦いで、官軍に向かって城の楼櫓から安倍軍側の女たちが、敵を嘲《あざ》ける歌をうたって相手を挑発する様子が描かれているが、古代から籠城戦では言葉によって相手をやり込める作戦がごく普通に行なわれてきた。

岩村城を取り囲んだ織田軍にとって、晴近と信長の叔母の結婚は格好の口合戦の攻撃材料になった。晴近が可愛がる家臣に亀井善六がいた。彼は閨房《けいぼう》にも自由に出入りしていた。これを攻撃材料にして、城内の将兵に向かって「お前らは愚将の禄を食んで恥じらいはないのか。亀井善六は主君秋山の女房と密通している。知らぬは亭主ばかりなり」と叫ばせ、まわりの者たちがドドッと大声で嘲笑った。晴近は怒ったが、嘘を信じる馬鹿ではない。まったく取り合わなかった。一方の善六も事実無根と相手にしなかったが、ただ閨房に入るのを遠慮した。ところがそれがかえって晴近に「もしかして」との疑念を抱かせた。

晴近の変化を知って善六は心乱れる日が続き、ある日決意して「事実でないが人の口に戸はたてられません。死をもって潔白を証明します」との手紙を晴近に残して、城門を開き討って出て壮烈な戦死を遂げたのだった。

◉籠城者三千を虐殺し、叔母も織田家を呪って死ぬ

岩村城の水はもちろん尽きることはなかったが、食糧が乏しくなり、兵は疲労し、焦燥感から城外に討って出て多く犠牲者が出た。それでも援軍はきっと来ると頑張る。『甲陽軍鑑』に勝頼は岩村城を助けようと伊那まで出動してきたが、大雪にことよせ

て兵を返したと述べる。援軍が来ないことが伝わると城内は落胆し、士気は一気に衰えた。

『遠山来由記』はいう。「城中力尽《ちからつ》き進退維谷《これきわまる》時に信長謀計《ほうけい》して曰《いわく》、秋山は正《まさ》しく吾か姨夫《いふ》（叔母の夫）なり、これを亡《ほろぼ》すに忍びず、和睦して城を渡さば其命を全《まっと》ふせんと秋山及び座光寺等これが為に紿《あざむ》き生擒《いけどら》れて遂に磔死《たくし》せらる」

晴近とその重臣たちは兵卒や妻子の助命を条件に、十一月二十一日ついに降伏した。だが信長軍は降伏条件を完全に無視した。城を出て妻子を連れ、信州に落ちていく三千人近い集団を、近くの木実峠の狭い山道で待ち伏せし、幼い子供までも全員殺害したのである。

そして信長の、敵将と結婚して城を相手に渡した叔母への憎しみは強かった。しかも御坊丸は甲府に抑留されたままだった。彼女は信長によって殺されるが、その死には二説ある。

『信長公記』には晴近は重臣の大島森之助、座光寺左近之進と三人で岐阜の長良川原で磔にされ晒《さら》し置かれたとある。そして『常山紀談』には、夫晴近が磔にされ死んだ後も信長の叔母は生きていたが、武田を滅ぼすため天正十年、信州に兵を進め、信長が諏訪上社に隣接した法華寺（長野県諏訪市）に滞在したところ、ここに鮮やかな小袖を着た女房が現われ、懐から錦の袋に入れた茶入れを取り出し、「これを信長に見せよ。知り合いである」と告げた。やがて信長が走り来て、茶入れを庭石に投げつけて打ち砕くと、刀を抜いて女房を一瞬のうちに斬り殺した。叔母は何のために信長を訪れたのか、茶入れの意味など一切不明だが、無言のうちに叔母を殺した不気味な信長が描かれている。

だが叔母の死が最も劇的に語られ、おそらくこれが事実と思われるのは、岩村城下の大将陣での処刑である。大将陣とは城の麓近くの高所で、城の中が覗けるため織田信忠が陣を敷いた丘で、それまで名はなかったが信忠が陣地としたことから大将陣と呼ばれるようになった。

この岩村城を真正面に望む地で、叔母は夫晴近、さらには城将三人とともに逆さ磔にされた。「叔母なる我をかかる非道の目にあわせるとは、信長よ、必ず因果の報いを受けるであろう」と、彼女は呪い叫びながら殺されたとされる。いまも五人の遺骸が埋められたという大将塚が残る。

それから七年後の天正十年（一五八二）三月十一日、信長は森蘭丸らを伴って岩村城に入った。それは奇しくも信忠が率いる織田本隊が、大菩薩峠近くの田野の地で勝頼を討ち取り、武田氏が滅びた日であった。信長は翌日も岩村城に泊まっている。おそらく早馬が武田氏を滅ぼした知らせをもたらしたであろう。上機嫌の信長は、この岩村城を蘭丸に与えた。

叔母の恨みが怨霊となり、もし岩村城に留まっていたとすれば、それらの情景を許すわけがなかったであろう。そしてまさにその三カ月後の六月二日未明、信長は京都本能寺において明智光秀の謀叛にあって死に、森蘭丸もこれに殉じた。また叔母の処刑に直接手を下した信忠も死ぬ。御坊丸は九年間、甲府で人質となっていたが、勝頼はこれを釈放していた。彼は勝長《かつなが》を名乗って信長と行動をともにしていて本能寺の変で死んだ。また叔母らが殺された後、直ぐに岩村城を信長から託された川尻鎮吉《かわじりしげよし》も、甲府の岩窪館にあって信長の死を知った領民の恨みを買って殺された。〝呪い〟はなおも続いた。蘭丸が死んで、その兄長一が城主を引き継いだが、二年後に秀吉の麾下に属して長久手の戦いで討ち死にする。

こうなれば叔母の呪いは本当だと皆が思って不思議ではない。寛永年間に岩村城主となった丹羽氏は叔母ら刑死した五人を供養するために五仏寺《ごぶつじ》を大将陣の下に建立した。だがこの寺建立の功徳《くどく》も効果がなく、丹羽氏はお家騒動から改易された。その寺はいまは跡形もない。

第5章　落城の悲劇……前向きに生きた女城主たち

13 大乗院（須賀川城・福島県須賀川市）

伯母の意地、伊達政宗に徹底抗戦して滅びる

◉息子は名門蘆名氏を継ぐが、男色に溺れ殺される

初冬の日が落ち切った午後五時、最後の一人が討たれた。朝からはじまった激戦の末に、ついに須賀川《すかがわ》城（福島県須賀川市）は陥落した。

「本城落ちて後までもその役所を守り、戦死する事、実に希代の事なりと人みな嘆美す」と、敵方の伊達家史料『治家記録』が褒めるほど、あっぱれな戦いを指揮したのは女城主の大乗院であった。彼女は伊達家から嫁いだ政宗の伯母であった。

天正十七年（一五八九）十月二十六日（新暦十二月二日）、伊達政宗はその伯母が女城主をつとめる須賀川城を攻め落とし、鎌倉時代からの名族・二階堂氏はここに滅びたのだった。

二階堂氏の第十八代・盛義に嫁いだ大乗院は、伊達晴宗の長女に生まれた。『須賀

川市史』は名を阿南《おなみ》と記すが、古記録に阿南と記したものはなく、小説などでつけられた名前と混同された可能性が高い。晴宗には六男五女がおり、娘たちは政略の道具にされ、四女は蘆名盛興、五女は佐竹義重のもとに嫁いでいる。

永禄九年（一五六六）、夫の盛義は蘆名盛氏との戦いに敗れて、十六歳の一人息子・盛隆を会津黒川城（会津若松城の前身）に人質に出さねばならなかった。その悲しい出来事が、逆に幸運を呼ぶことになる。

蘆名盛氏が隠居し、嫡子盛興が家督を継いだが酒が原因で、二十九歳の若さで死んでしまう。ここで盛氏は人質として預かっていた大乗院が産んだ盛隆を蘆名氏の後継ぎにしたのである。それだけではない、盛興の未亡人を盛隆の妻にした。

大乗院は息子の運の良さを喜び、また運命の不思議なめぐり合わせに驚く。なぜなら息子と再婚する盛興の未亡人は大乗院の妹であったからだ。時に盛隆は二十五歳、再婚した彼女は二十四歳だった。

息子が蘆名の家督を継いだことで、敵対関係にあった蘆名氏と二階堂氏は、一転して運命共同体となった。

だが良い事は長くは続かなかった。五年後に蘆名氏の重鎮・盛氏が死ぬ。煙たい存在だった養父の重しが外れた盛隆は羽目を外した。美少年に夢中になって男色に我を忘れて、酒に溺れたのだ。自ずと夫婦仲は悪くなった。大乗院は息子を諫めつつ、妹

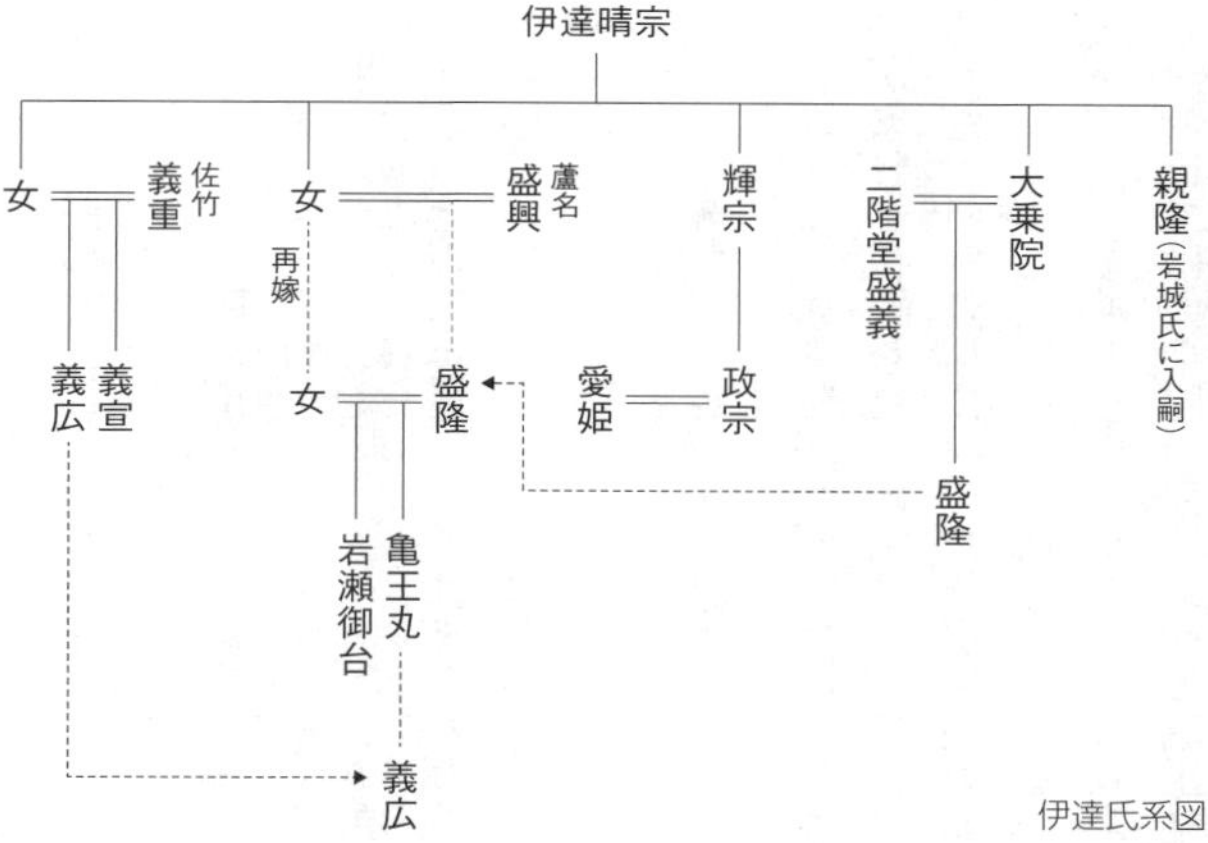

伊達氏系図

に頭を下げ続けた。そんな中で今度は夫の盛義が病没した。大乗院は夫の菩提を弔うために出家した。

母大乗院の願いがやっと通じて、息子の男色もおさまり、妻との諍《いさか》いも沈静化し、夫婦の間に亀王丸が生まれた外、女の子もできた。だが大乗院にとって唯一の息子である盛隆が蘆名氏を継いだため、二階堂氏の跡取りがいなくなった。家臣たちは大乗院に女ながらも須賀川城主になってほしいと要請した。

おそらく家臣たちは二階堂氏の正統な血を引く盛隆が、やがて須賀川領をも支配することになって当然と思ったからであろう。そして大乗院もそうなることを見越して女城主になることを承諾した。

家臣たちは日頃から、毅然としながらも

家臣をいたわる大乗院の人柄を愛しており、その威に家臣たちは服していたという。彼女は領内の安定に心を配って、てきぱきと政務をこなした。

ところが思いもよらぬ事件が起きる。男色のツケはあまりにも大きかった。天正十二年（一五八四）十月六日、盛隆は寵愛の衰えたのを恨んだ家臣の大庭三左衛門によって黒川城内で斬られて、三十四歳で死んだのだ。

突然の出来事に大乗院だけでなく、須賀川の家臣たちも茫然自失した。不幸はさらに続き、その二年後に亀王丸までがわずか三歳で夭折してしまう。大乗院は絶望にも近い心持ちになった。彼女は打ち続く不幸を払拭しようと、領内の統治に一段と力を入れた。

◉蘆名・佐竹・二階堂へ嫁いだ三姉妹で〝反政宗〟包囲網

ところで、大乗院がわが子盛隆を失った年、伊達家の実家では十八歳になる甥の政宗が家督を相続した。政宗は戦いにあっては情や恩義といったものを排除して非情であった。阿武隈川に沿った幹道を仙道筋というが、政宗は政略結婚によって親戚同士になっていた仙道筋の一族に妥協のない戦いを挑み、皆殺しのむごい戦いも辞さず、次々に領土を拡大していった。その政宗を大乗院は当然ながら好きになれなかった。

蘆名氏では大乗院の孫にあたる亀王丸が死んで相続問題が起きる。血筋が絶えたために他家から当主を迎えることになったのだ。会津地方をわが物にしたい政宗は弟の小次郎を送り込もうと工作し、一方の佐竹義重は二男義広を蘆名氏に入れようとした。大乗院は佐竹氏に味方した。義広を産んだ母もまた大乗院の妹だった。蘆名・佐竹・二階堂に嫁いだ三姉妹は、ともに政宗が蘆名を牛耳ることに反対して、義広を推薦した。

蘆名重臣による選考会議で論争の末に義広が蘆名の後継者に指名された。政略結婚で外に出た姉妹たちは実家の政宗と完全に敵対したのだ。まさに女たちの反政宗の感情は、そのまま蘆名・佐竹・二階堂連合の結成へとつながった。

もう一つ、大乗院が須賀川城主として政宗を嫌った理由がある。それは政宗の正室・愛姫《めごひめ》の存在だった。愛姫は三春城主の田村氏の女であった。須賀川と三春は国境を接しており、金鉱山の争奪などをめぐって南北朝時代から戦いを繰り返していた。犬猿の宿敵・田村氏の女が政宗の妻になったことが許せなかった。当然ながら田村氏は政宗の軍事力を頼りにした。女城主として見逃すわけにはいかない由々しきことだった。政宗はまさに油断ならない甥となったのである。

◉蘆名を滅ぼし、矛先を須賀川城に向けた政宗

その政宗が蘆名氏の重鎮・猪苗代盛国の抱き込みに成功し、政宗は猪苗代城に入り、

二万三千の兵力をもって磐梯山の麓の磨上原《すりあげはら》で天正十七年（一五八九）六月五日、蘆名義広の軍一万六千と決戦になった。はじめ蘆名が有利に展開し、伊達軍を三陣まで破ったが、後に控えた蘆名軍は動こうとしなかった。当主選考によってできた溝から、兵を動かさない部隊が続出したのだ。このため伊達軍は風向きが変わった有利さもあって反転攻勢に転じ、蘆名軍を圧倒しだす。しかも後退する蘆名軍は、日橋川の橋を落とされて退路を断たれ、追われて溺れ死ぬ兵が続出した。蘆名は二千の兵を失う。義広は命からがら黒川城に逃げ帰った。

義広はまだ十五歳の少年で恐怖心もあり、攻められれば落城は必至として、さらに黒川城を捨てて生家の佐竹氏まで逃走した。ここに蘆名氏は政宗によって滅ぼされ、政宗は会津を手に入れ、本拠を米沢から黒川城に移したのだった。

政宗は黒川城を得た余勢をかって、須賀川城に触手をのばし、須賀川領の西部に位置する岩瀬四郡（会津領と接する）の諸将に密使を送って内応を呼びかけた。これに応じて、岩瀬四郡の郎党たちは盛んに大乗院に降伏を進言してきた。

その一方、政宗の計略に怒った家臣や町民・農民らは十月十日の夜、松明を手に手にかざして、須賀川城の東の丘の十日山に集まって、命に代えて須賀川城を守ることを決議して、大乗院に決戦を促した。

大乗院は彼らの気持ちが嬉しかった。彼女のもとにも政宗から降伏を促す書状が届いていた。だが政宗の誘いに耳を貸さなかった。運なく短命に終わったとはいえ、名門蘆名の家を継いだ盛隆の母として、また夫盛義の名誉のためにも、堂々と一戦を交えて、いさぎよく果てることこそ、二階堂家の家名を後世に残すことになると大乗院は心に決したからである。

大乗院は家臣一同を須賀川城に召集したと『須賀川市史』はいい、その覚悟を次のように陳述したと記す。「政宗が近々攻めてくることは確実でしょう。その時は多勢に無勢、城は落とされ、むざむざと討たれることは目に見えています。その時になって落ち延びても、政宗はきっと草の根を分けてでも捜し出し、妻や子供にまでひどい仕打ちをすることは明らかです。とても運が開ける戦いではありませんので、敵が攻め寄せて来ぬうちに降伏したい者はしても決して恨みには思いません。私は心に決したことがあります故、寄せ手を待って自害します。この期《ご》におよんで義を守り、節に死のうとする者がいるのなら、私と同道されるのもよ

須賀川城は市街地となって跡形もなく、わずかに二階堂神社が本丸とされる跡地に建つ。

ろしいでしょう」

彼女は涙ながらにそう語りかけ、並みいる家臣たちも袂《たもと》に顔を押し当てて涙にむせんだ。

すると城代家老の須田美濃守盛秀が「それほどまでの御決意があれば、誰が日頃の御恩を忘れ敵に降伏などいたしましょうや。ご安心下されませ」といい、家臣たちの多くが大乗院と運命をともにすることを誓い合ったという。

かくて政宗は蘆名を滅ぼした四カ月後、須賀川城を攻めた。大乗院と運命をともにしようとした家臣は約半分だった。残る半分はすでに政宗方に懐柔されて城を出ていた。それでも三千人弱の家臣が籠城した。佐竹義重と岩城親隆（大乗院の兄で養子に出ていた）は合わせて七百余騎の援軍をくれた。

もともと須賀川城は、鎌倉時代に二階堂七代の行朝《ゆきとも》が愛宕山とも呼ばれる岩瀬山の一帯に、比高差約六十メートルの山城を築いたが、その五代後の行続《ゆきつぐ》がこの山城に隣接する高さ三十メートルほどの丘陵に、長禄年間（一四五七〜六〇年）に平山城の須賀川城を築いた。城は西から北に流れる釈迦堂川と東の栗原沢川を守りとして、南を幅二百メートルの堀で切っており、南北一千五百メートル、東西一千メートルの城域があった。そして大乗院がいた本丸は百メートル×七十メートルで、二の丸、三の丸だけでなく、城内の寺や犬馬場なども堀が切ってあった。

これだけの広い城だけに将兵が各所に散ると四千近くの兵ではもちろん手薄だった。それだけに大乗院を守って本丸を固めたのは、大乗院の輿入れに従った九人の伊達家臣、同じく伊達家からの侍女たち、それに城代家老・須田美濃守の嫡子で十八歳（『奥羽永慶軍記』による・異説あり）になる天仙丸とその従者数十騎のみであった。これに対して政宗は一万の兵を率いていた。

政宗は巡見して釈迦堂川畔の八幡崎・大黒岩口と、雨呼口《あめよばわりくち》の虎口の二カ所を攻めることを決めた。天正十七年（一五八九）十月二十六日、城の南西にある八幡崎・大黒岩口では須田美濃守が率いる五百騎に佐竹の援軍二百騎が待ち受け、鉄砲・弓矢を一斉に放って伊達軍の進撃を阻み、泥田での一騎打ちや馬上での取っ組み合いなど、激しい戦闘で双方に多くの犠牲者が出た。

一方の雨呼口では須賀川四天王の一人、守谷筑後守が守将をつとめ、岩城勢が加勢、伊達軍の一番手に大きな損害を与えた。だが伊達軍が二番隊を出すと、筑後守は紺地に梅鉢紋を染め抜いた自らの旗指物を伊達の陣に向かって大きく振った。それは政宗への内応を示す合図であり、腹心の者に城内の町屋などに火をつけさせた。ちょうど風上にあった長禄寺に放った火は激しく燃え上がり、本丸に向かって火勢を強めて燃え広がった。筑後守方の者が門が開いて敵を呼び込むと、まず入ってきたのは二階堂氏の宿敵・田村勢で、筑後守は田村勢と一緒になって、味方だった兵に攻めかかった。

続いて伊達勢が雪崩を打って一気に城内に殺到した。

◉自害しようとした懐剣を奪い取られ捕まった大乗院

この予想外の裏切りに須賀川城は大混乱に陥る。実は危険が大乗院に迫った場合、隣り合う旧城の山城を詰めの城として整備していた。だが避難する余裕などなかった。本丸にも火はすぐ飛び火して燃え移った。大乗院のもとに守谷筑後守の裏切りが伝えられると、彼女は憤り、側近くにいた筑後守の妻を刺殺し、自分も自害しようとしたが、家臣がこれを押し止め、その妻を城外に連れ出したという。

本丸は炎と濛々《もうもう》たる煙に包まれる。もはやこれまでと大乗院は懐剣を取り出し、喉を突こうとした瞬間、アッという間に乱入してきた伊達勢に懐剣を奪われて捕らえられてしまう。

『奥羽永慶軍記』はその瞬間を「敵の兵ども入乱れ、『後室御前の御迎えにて候ぞ。あやまちなさせ候な。四方に火懸り候に早々御輿を出させ給へ』と物騒がしき事いふ計《ばかり》なり。『御前は何《いず》くよりの御迎』と尋させ給へば、『岩城殿よりの御迎』と答ふ。『さらば疾《とく》急がん』と敵味方に打囲まれ出させ給へば、女房・童など歩《かち》はだしにて跡につゞき、喚きさけび、烟《けむり》に迷ひ出にけり」と記す。伊達家臣は大乗院を、彼女が信頼する岩城氏の家臣であると偽って、伊達の陣地まで連行したのだ。

家老の須田美濃守は八幡崎で獅子奮迅の働きをしていた。すると本丸に炎が上がるのが見えた。急ぎ馬に乗って本丸に向かったが、一足遅く大乗院の姿はなかった。敗色が濃厚になったため、自城の和田城で最後の一戦をして死のうとしたが、すでに戦える兵力はなく、やむなく和田城に戻って火を放つと、嫡子天仙丸の行方を気にしながら、佐竹氏を頼って常陸に赴いた。

その天仙丸は大乗院を守って本丸にいたが、敵勢と戦う中で捕らえられた。彼は身分を名乗らないまま政宗の前に引き立てられたが、きらびやかな軍装などから身分がばれる。政宗は「そなたの父美濃守にたびたび謀《はか》られたが、わが運は強く須賀川を退治できた。強敵の子なれば思うままに行なおう」といって、天仙丸を木にくくりつけ、政宗自ら鉄砲を取って射殺したと『奥羽永慶軍記』は述べている。

また政宗は大乗院の輿入れに従った九人の伊達家臣に「二階堂の味方をし、伊達勢を敵に回したことは許せぬ」と、無残にも全員を殺害した。大乗院は自分に忠義を尽くした九人を殺したことを激しく憤って、政宗を一層憎悪した。

大乗院は捕らえられて後、政宗が御馳走を出しても膳に手をつけず、菓子にも見向きもせず、ただ侍女が持参した小袋の白米を食べるのみであった。そして政宗の新館を建てて迎えたいとの申し入れを拒否して、養子として伊達家を出た実兄の岩城親隆（福島県いわき市）のもとに身を寄せたが、翌年に親隆が死んだために、妹の嫁入り先である佐竹氏（水戸市）を頼った。

彼女はこの時に岩瀬御台と後に呼ばれるようになる女の子を伴っていた。実は亡くなったわが子盛隆の忘れ形見で、大乗院が養女にもらって育て、生きがいとしてきた。この女子はやがて佐竹家当主となる義宣の側室となるが、この女の子がいたから、大乗院は佐竹家に厄介になりながらも、心に張りをもって生きられたのである。

だが母と養女の落ち着いた生活は関ヶ原合戦によって引き裂かれる。佐竹氏は西軍に味方したことで奥州秋田に改易になった。慶長七年（一六〇二）、大乗院は秋田への移封の旅に同行するが、病を患っており、余命の幾ばくもないことを悟っていた。そこで養女とも身を切られる思いで別れ、須賀川に留まることにした。

須賀川落城からすでに十三年、かつて丘陵上にあった須賀川城は、宿駅の発達で開発が進み、城は消えて町屋が続く市街地となっていた。本丸もまた跡形もなかった。大乗院はかつての搦め手だった地に建つ薬王寺にやっかいにやる。だが彼女はやがてこの寺で死んだ。

『須賀川城主　二階堂氏の事跡』には、没年は慶長七年六月十四日で、法号は大乗院殿法岸秀連大姉とある。『須賀川市史』は『新遍東国記』からの引用として、享年四十二と記す。しかしこの年齢は明らかに誤りであり、六十歳ほどであったと思われる。

いま大乗院の無念を浮き立たせて、彼女に伊達政宗との戦いを促した人々がかざした松明が、晩秋の夜空を赤く染める。現在では「松明あかし」の火祭りと呼ばれて、詰めの城（旧城）の一曲輪とされる五老山で続けられている。かつては旧暦の十月十日に行なわれたが、いまは新暦の十一月第二土曜日に催される。大乗院とともに戦い、死んでいった二階堂主従の霊を慰めるためである。

そして大乗院が死んだ薬王寺は明治の廃仏毀釈《はいぶつきしゃく》によって壊され、そこにいま公立岩瀬病院があり、隣りに彼女の墓のある長禄寺がある。東日本大震災からすでに五年以上（訪問日・平成二十八年五月）が経つが、本堂への参道脇から奥に広がる二階堂家の墓石群は倒壊したままで痛ましい。その倒壊した墓石に囲まれて、大乗院の五輪塔だけが倒れることなく、気丈にしてすっくと建っていたのがとても印象的だった。

長禄寺の大乗院の墓。右は本堂。周辺の墓は東日本大震災で倒壊したままになっている。

14　明智光秀の妻（坂本城・滋賀県大津市）

“三日天下”の夫を支えた“三日城主”の妻

◉黒髪を売って夫の連歌の会を催す

明智光秀の妻は賢夫人として知られる。この妻のために光秀は生涯、妾《めかけ》を持たないと誓った。

「月さびよ明智が妻の咄《はなし》せん」

俳人・松尾芭蕉の、光秀の妻を詠んだ句である。元禄二年（一六八九）九月、芭蕉は『奥の細道』の旅を、美濃大垣に結んだその足で、伊勢神宮の遷宮を見物するために宇治山田（三重県伊勢市）を訪れ、俳人・又玄《ゆうげん》宅を一夜の宿とした。それは貧しい家だったが、若く美しい妻はかいがいしく、実に気持ちよくもてなしてくれた。その妻に芭蕉は光秀の妻を重ねあわせた。

光秀がまだ貧しかった昔、好きな連歌の会も開けずに沈んでいると、妻はひそかに女の命である黒髪を切って、会の費用を作り出してくれた。光秀はこの妻の真心に打たれて、「お前を五十日のうちに輿《こし》に乗せてやれる身分にしてみせる」と誓ったと『真蹟懐紙《しんせきかいし》』は記すのである。また大田南畝《なんぽ》の『一話一言』では「たとえ天下を取ったとしても、妾は持たぬ」と誓言したとする。

芭蕉はへそくりで馬を買い与え、立身出世の糸口をつくった山内一豊の妻千代以上の美徳の女性として光秀の妻を想い、このうら若く貧しい楚々とした妻に、月明かりのもとで光秀の妻の話をしたのである。

光秀は若き日、斎藤義龍に家を滅ぼされて流浪したが、貧しい生活の中で、宣教師フロイスが上品で欧州の王子のようだとほめた嫡子光慶《みつよし》や細川忠興夫人になる玉〈ガラシャ夫人〉など、八人ほどの子供を立派に育て上げた。

彼女は明智氏と同じく、美濃の土岐一族で、土岐郡妻木村（岐阜県土岐市）の代々領主だった妻木《つまき》勘解由左衛門《かげゆさえもん》範熙《のりひろ》の女（『細川家記』より）であるが、その名は必ずしもはっきりしない。『絵本太閤記』には照子とあり、また彼女の墓のある西教寺（滋賀県大津市坂本）では熙子《ひろこ》といわれてきた。

西教寺は昭和三十年（一九五五）に建て替えた時、本坊（庫裡《くり》）の柱に「明智公所造古木」と刻まれた柱が発見され、光秀の陣屋の建物だったことが判明した、また梵鐘は陣鐘で、総門は坂本城の城門を移したものとされ、光秀ゆかりの寺である。

この西教寺に取材した明智滝朗著『光秀行状記』は「光秀の妻は一族妻木藤右エ門の息女熙子と云い、天文十九年（一五五〇）四月十五日十六才の時、二十三才になった光秀と結婚した」といっている。

◉美人だった光秀の妻に抱きついた信長

光秀の妻は天然痘《てんねんとう》を患って、顔にうっすらとアバタが残っていたが、かなりの美女の上に貞節の女《ひと》であったといわれ、『落穂雑談一言集《おちぼざつだんいちげんしゅう》』にこんな逸話が出ている。

ある日、信長は側近たちと女の話をした。すると一人が「光秀の妻ほど美しい女はいない。天下一の美女だ」といった。そこで信長はその妻をみたくなり、朔日《ついたち》と十五日に家臣の妻たちを出仕させることにした。

光秀の妻が出仕する当日、信長は物陰に隠れ、長廊下を歩いてくるのを待ち受け、近づくと飛び出して抱きついた。一瞬驚きはしたが彼女は冷静になって、手にしていた扇で思い切り信長を叩いた。これが許で信長は光秀を恨むようになり、信長の執拗ないじめに耐えかねて光秀は本能寺の変を起こしたというのだ。

この逸話は事実ではなかろう。しかし光秀の妻が美人であり、操の高い女性であったことから生まれた作り話であることは間違いないであろう。

光秀は信長に仕えて、羽柴秀吉と出世を競うほど頭角を現した。はじめ丹波攻略などで目覚ましい活躍をして、むしろ秀吉より武功をたてて、信長家臣の先頭を行った。だから安土城よりも早く、五万石を得た比叡山の麓・坂本（滋賀県大津市）に三層の天守を揚げることを信長から許された。その城は琵琶湖に浮かぶように築かれた水城だった。

フロイスは、坂本城は豪壮華麗で、安土城に次いで明智の城ほど有名なものは天下になかったとまでいっている。光秀は手柄を立てた丹波でも二十九万石をもらって丹波亀山城（京都府亀岡市）を築き、坂本城と亀山城の二城を所有し、三十四万石の大名となり、糟糠の妻に報いたのだった。

琵琶湖畔に残る坂本城跡

◉**大きな謎、妻は光秀より先に死んだ？**

この光秀の妻に大きな謎がある。それは彼女が夫の死んだ直後、見事に戦後処理をして坂本城と運命をともにしたと、『明智軍記』や『絵本太閤記』にありながら、彼女はそれより以前に死んだことをうかがわせる諸々の史料があるのだ。

坂本の西教寺には明智一族の墓、また光秀の妻の墓がある。一族の墓は光秀の墓ともいわれるが、寺にその記録になく、伝承のみであり、光秀の妻の墓も含めていつできたのか不明である。

ただし西教寺には天正四年(一五七六)十一月七日に彼女が死んだという言い伝えがあって、法号は「福月真祐大姉」とされる。妻が死んだ時、光秀が喪主になり、西教寺で葬儀を営んだともいわれる。そして『名将言行録』には「此妻没せし時、昔しの髪剪《かみき》りし恩に報ぜんとて、自ら葬送の供をしたりとぞ」とある。

西教寺に光秀の妻が死んだとする天正四年、こんな事実がある。光秀は石山本願寺攻めの陣中で病み京都に戻った。医師の診療、投薬だけでは不安で、妻は病気平癒の祈禱を頼んで歩き、また寝ずに光秀の看病をした。すると光秀の病気は間もなく癒えたが、今度は妻の方が病気にかかった。光秀は坂本に帰っていた妻のもとに京都から名医を派遣して、寺社にも祈禱を頼んだ。その甲斐あって『兼見《かねみ》卿記』にはその十月に妻の病気が治ったとある。

ところがこの年の六月の条に掲げた『言継《ときつぐ》卿記』の記事が謎を深める。つまり「明智十兵衛尉、号は惟任《これとう》日向守、久しく風痾を煩い、明暁死去、坂本へ行く云々」とあることだ。これでは光秀が死んだことになるが、光秀は死んではいない。そこでこの文章には「室(妻)」が抜けているとするのだが、彼女も『兼見卿記』によれば健在である。

さらなる謎がある。『多聞院日記』に天正九年（一五八一）八月に光秀の妹が死んだと記す。ところがその妹を「ツマキ」とする。妻木は光秀の妻を指す。死んだのは妹ではなく妻だというのだ。

光秀の妻はこうみてくると、天正四年に、病気にはなったが回復した。また同九年に死んだのはやはり光秀の妹であって、妻ではなく、本能寺の変の際に健在だったといえよう。

光秀は妻を天下人の御台所《みだいどころ》としたかったのであろうか。天正十年六月二日未明、京都本能寺に織田信長を襲い、これを葬った。動機は遺恨説、領地替え、天皇・公家の陰謀説、さらには将軍足利義昭の関与説など様々で、真相は霧の中である。ただ光秀も天下が欲しかったことは間違いないであろう。

光秀は一瞬、その天下を手繰り寄せた。だが主君の仇を討つと中国からの大返しをした同僚の羽柴秀吉との山崎の合戦（戦場は京都府乙訓郡大山崎町とその周辺）に敗れた。

光秀は再起を期そうと、わずかな近臣と坂本城に戻る途中の六月十三日夜、小栗栖《おぐるす》（京都市伏見区）で土民の竹槍に突かれて深手を負い、自害して果てた。『明智軍記』は光秀の享年を五十五としている。

光秀が天下を取ったのはわずか十一日の間、世にこれを光秀の〝三日天下〟といった。

◉落城を前に見事な采配を見せた賢夫人

坂本城にあって、秀吉との戦いに敗れた夫の安否を心配していた妻のもとに、その夜のうちに夫の悲報が届く。彼女は戦国を生きる妻の習いとして、夫の死を常に心に留めて生きてきた。一瞬茫然となったが、悲嘆にくれる暇はなかった。戦国武将の妻としてなさねばならぬことがあった。秀吉の軍勢が攻め寄せてくることは自明の理であった。

この時に光秀の妻が最も頼りとしたのは娘婿の明智弥平次秀満（左馬助光春とも）だった。秀満の妻は荒木村重の嫡子・新五郎村安に嫁いでいたが、村重が信長に背いた際、光秀のもとに送り返され、後に秀満に再嫁した。

秀満は光秀の身内となって明智家を支えていた。秀満もほとんど光秀の妻と同じ十三日の夜、接収した安土城にあって光秀の死を知ると、十四日未明、兵をまとめて坂本へ退却した。途中、秀吉に属した堀秀政に行く手を阻まれると、琵琶湖に馬を入れ、湖水を渡って坂本城に辿り着く。それは浅瀬を熟知していた心掛けによるもので、敵軍も「あっぱれ」と称賛した。

秀満の到着を光秀の妻や重臣たちが喜び、今後の対策を重臣たちで評議した。時に『絵本太閤記』はいう。「光秀が妻室は妻木主計頭範賢《かずえのかみのりかた》が姉照子、奥より立出で申けるは、『当家の時運此体《てい》に成果ぬる上は、兎角《とかく》の評定に及ぶまじく候。郎従《ろうじゅう》の面々を何方《いずかた》へも落しやり、城に火をかけ、旁《かたがた》をはじめ自《みずから》親子、自害いたし候はんと兼て思ひ設け候。よしなき長詮議《ながせんぎ》は時刻を移し、敵に寄られ敗亡《はいぼう》せんは、未練の覚悟にて相聞え、且《かつ》は家人の輩《ともがら》落行間《おちゆくひま》も有るまじければ、早々此旨に決せられ然るべし』と申されければ、両将此よしを承《うけたまわ》り、『実に至極の決断尤《もっとも》に覚え候。女性《にょしょう》の所存にて、かかる金言を承る事、誠に難有《ありがた》き次第に候』と、感涙を流しける」

光秀の妻の迅速で的確な決断に重臣たちは感服し、重臣たちは彼女の威光に従ったのである。

秀満らは光秀の妻の言葉に従い、敵の押し寄せる前に城を立ち退くように家臣らを説得する。だが家臣らはともに最後の戦いをして死ぬことを願った。その場にも光秀の妻は姿を見せた。

『明智軍記』は「光秀が内室出て、何《いず》れにても対面有て、皆々忠節の志、報じても猶《なお》尽し難し、懇《ねんごろ》に謝し宛《つつ》、百余人下々《しもじも》の者共迄に、兵粮幷《ひょうろうならび》に金銀を入れたる袋一宛《ひとつずつ》下し給はりければ、何れも是非なく之を賜り、思々《おもいおもい》に落行けり」という。つまり彼女は一人々々に対面し、これまでの忠節に報いようとしても到底できないと礼をいい、百人に余る下級の武士にまでも兵糧と金銀を与えたのである。その奥方の気持ちに感謝しつつ、家臣たちは未練を残しつつ、坂本城を去ったのだった。

家臣たちが退去した翌十五日（『明智軍記』では十四日）、堀秀政軍が坂本城を囲んだ。

この時、秀満は「寄せ手の人々に申し上げる。堀秀政殿にこれを渡されよ。この道具は私物化してはならない天下の道具である。ここで滅してしまえば、この弥平次（秀満）を傍若無人《ぼうじやくぶじん》と思うであろうから、お渡し申す」といって、光秀が所有する天下の名物である、新身《あらみ》の国行《くにゆき》の刀、吉光《よしみつ》の脇差、虚堂《こどう》の墨書などを夜具にくるみ、これに目録を添えて、天守から降ろして敵に渡したと、『川角太閤記《かわすみたいこうき》』はいう。この処置もおそらく光秀の妻の才覚によるものであろう。

天下の名物を一覧した秀政が、光秀秘蔵の倶利伽羅《くりから》の吉広江の脇差がないのに気づいて尋ねた。すると秀満は「お渡ししたくはあるが、これぱかりは光秀が命もろともにと、内々に秘蔵されたものなので、わが腰に差して、光秀に死出の山でお渡ししたく存ずる」と答え、秀政も納得したのだ。

光秀の妻は夫亡き後、その悲報に接した日も加えて三日、見事な采配できっちりと後始末をしたのだ。そして城と運命をあくまでもともにすることを願った家臣七十余人と侍女十余人は最期の時を迎えた。光秀の妻は静かに経を読み、念仏し、「現世を火宅にせよ」と命じた。そこで城のいたるところに火が放たれる。

時を置かず、光秀の妻は最も信頼する娘婿・秀満の刃をうけて生害した。享年四十八であったといわれる。坂本城は賢夫人の命の終わりとともに、琵琶湖の湖面を赤々と染めて炎上し落城、明智家は滅びたのである。

◆主な参考文献

祖山和尚『井伊家傳記』（たちばな会）二〇〇〇年／『同』引佐町史料第3集（引佐町教育委員会）一九七二年
『礎石伝』引佐町史料第9集（引佐町教育委員会）一九七八年
『浜松御在城記』浜松市史史料編1（浜松市役所）一九五七年
木村高敦『武徳編年集成』（名著出版）一九七六年
『今川家譜』『今川記』続群書類従・第21輯上（続群書類従完成会）一九二三年
宗長『宗長日記』島津忠夫校注（岩波文庫）一九七五年
『蜂前神社所蔵文書』細江町史資料編7（細江町）一九八七年
新井白石『新編　藩翰譜』（人物往来社）一九六七〜六八年
『改正　三河後風土記』桑田忠親監修・宇田川武久校注（秋田書店）一九七六年
『新訂　寛政重修諸家譜』（続群書類従完成会）一九六四〜六六年
武藤全裕『遠江井伊氏物語』第二版〈付録〉「井伊氏・龍潭寺関連年表」改訂第五版、「遠江井伊家年表」、「井伊氏および庶流系譜」（龍潭寺）二〇一五年
「井の国千年物語」編集委員会編『井伊氏とあゆむ「井の国千年物語」』（「井の国千年物語」編集委員会）二〇〇五年
池田利喜男編『井伊保物語・井平城』（引佐町伊平地区歴史と文化を守る会）一九九九年
渋川の歴史と文化を守る会編『遠州渋川の歴史』（渋川の歴史と文化を守る会）一九九二年
井村修『井伊氏と家老小野一族』（井村修発行）二〇〇〇年
冨永公文『松下加兵衛と豊臣秀吉』（東京図書出版会）二〇〇二年
丸山彭編『井伊谷三人衆』長篠戦史第3分冊（愛知県鳳来町立長篠城趾史跡保存館）一九八一年
『松岡氏五百年　市田郷の豪族　松岡氏と松岡城』（松岡氏五百年慰霊之碑建立及び法要会実行委員会発行）二〇一五年
小和田哲男『駿河今川氏十代　戦国大名への発展の軌跡』中世武士選書25（戎光祥出版）二〇一五年
久保田昌希『戦国大名今川氏と領国支配』（吉川弘文館）二〇〇五年
有光友學『今川義元』人物叢書（吉川弘文館）二〇〇八年
今川氏顕彰会編『駿河の今川氏』（同発行）一九七五年
引佐町編『引佐町史』上巻（引佐町）一九九一年

細江町史編さん委員会編『細江町史』通史編中巻（細江町）二〇〇〇年

冊子・三遠南信交流誌『Ａｍｉ』別冊「長野県高森市・静岡県引佐町　歴史浪漫を未来に向けて」（高森市・引佐町発行）二〇〇一年

會田忠（文彬）『落城秘怨史　蛇塚由来記』（中部日本出版社）一九二六年

芳賀矢一『東海道五十三次』（冨山房）一九一二年

『由良家伝記』太田市史・史料編中世（太田市）一九八六年

篠原蔵人『室町時代の太田地方　岩松氏と由良氏』（太田市文化財保護調査会）一九六四年

篠原蔵人『金山城と新田氏』（太田市文化財保護調査会）一九七〇年

岡部福蔵『上野人物志』（群馬県文化事業振興会）一九七三年

『豊薩軍記』（歴史図書社）一九八〇年

『北肥戦誌（九州治乱記）』肥前叢書・第2輯〈青潮社〉一九七三年

原田種眞『肥陽軍記』日本合戦騒動叢書5（勉誠社）一九九四年

山本常朝口述『葉隠』和辻哲郎・古川哲史校訂（岩波文庫）一九四〇～四一年

川副博『龍造寺隆信』日本の武将45（人物往来社）一九六七年

鈴木敦子『龍造寺隆信と母慶誾尼について』「佐賀学Ⅱ」に収録（岩田書院）二〇一四年

吉永正春『筑後戦国史』（葦書房）一九八三年

古野尚司『かたりべの里　本荘東分――史跡探訪ガイドブック』（佐賀市立本庄公民館）一九九四年

古野尚司『本荘の歴史』（佐賀市立本庄公民館）一九八七年

小沼十五郎保道『成田記』大澤俊吉訳（歴史図書社）一九八〇年

行田市史編纂委員会編纂『行田史譚』行田市史別巻（行田史譚刊行会）一九五八年

楠戸義昭『忍城籠城秘話』「歴史ＲＥＡＬ」ｖｏｌ．２（洋泉社）二〇一一年

小井田幸哉『八戸根城と南部家文書』根城築城六百五十年記念誌（根城史跡保存会記念誌作成委員会）一九八六年

青森縣叢書刊行會・青森縣立図書館編集『三翁昔話』（同発行）一九五三年

菊池悟朗編輯『南部史要』一九一一年の復刻版（熊谷印刷出版部）一九七二年

遠野市史編修委員会編『遠野市史』第2巻（万葉堂書店）一九七五年

横田俊三『物語南部の歴史』中世編（伊吉書院）一九八八年
佐藤嘉悦『信直の孫と曾孫――二人のめ子の話』「ふるさとなんぶ」第11号に収録（南部町教育委員会）一九八八年
森毅「『遠野物語』の背景と習俗――遠野領の歴史と修験・神子」『山岳修験』第8号に収録（山岳修験学会）一九九一年
岩村町教育委員会編『遠山来由記』『巖邑府誌』岩村町史資料編1（岐阜県岩村町役場）一九七八年
岩村町史刊行委員会編『岩村町史』（岩村町役場）一九六一年
樹神弘編著『岩村城の署史』（岩村町役場）一九七九年
湯浅常山『常山紀談』鈴木棠三校注（新人物往来社）一九七九年
今谷明「洞松院尼細川氏の研究――中世に於ける女性権力者の系譜」（『室町時代政治史論』に収録／塙書房）二〇〇〇年
今谷明『戦国の世』日本の歴史5（岩波ジュニア新書）二〇〇〇年
渡邊大門『中世後期の赤松氏――政治・史料・文化の視点から』（日本史史料研究会）二〇一一年
渡邊大門『赤松氏五代――弓矢取って無双の勇士あり』（ミネルヴァ書房）二〇一二年
『赤松記』群書類従第21輯（続群書類聚完成会）一九八一年
矢代和夫・松林靖明・萩原康正・鈴木孝庸編『室町軍記赤松盛衰記―研究と史料』（国書刊行会）一九九五年
福島県須賀川市教育委員会編『須賀川市史 中世 ―二階堂時代―』（同発行）一九七三年
福島県須賀川市教育委員会編『須賀川城主 二階堂氏の事跡』（同発行）一九八九年
『奥羽永慶軍記』今村義孝校注・戦国史料叢書（人物往来社）一九六六年
林哲『会津芦名一族』（歴史春秋社）一九七九年
利光源鎮頭『闇千代姫年譜』毛筆本・一七七三年
中野等『立花宗茂』（吉川弘文館）二〇〇一年
二木謙一校注『明智軍記』人物叢書（新人物往来社）一九九五年
塚本哲三編輯『繪本太閤記』（有朋堂書店）一九一七年
高柳光寿『明智光秀』人物叢書（吉川弘文館）一九五八年
明智滝朗『光秀行状記』（中部経済新聞社）一九六六年
楠戸義昭『城と女』（毎日新聞社）一九八八年
楠戸義昭『戦国名城の姫たち』（静山社文庫）二〇一〇年
楠戸義昭『女たちの戦国』（アスキー新書）二〇一一年
楠戸義昭『戦国武将名言録』（ＰＨＰ文庫）二〇〇六年

『別冊歴史読本　戦国名将の夫人と姫君』（新人物往来社）
一九九二年
『歴史読本』一九九九年一月号「戦国大名　名将の夫人たち」（新人物往来社）
『歴史読本』二〇〇五年二月号「女たちの戦国古城」（新人物往来社）
『歴史と旅』平成七年（一九九五）二月号「戦国おんな奮戦記」（秋田書店）

＊本書は書き下ろし作品です。

井《い》伊《い》直虎《なおとら》と戦国《せんごく》の女城主《おんなじょうしゅ》たち

二〇一六年一〇月二〇日　初版発行
二〇一六年一一月三〇日　2刷発行

著者　楠戸《くすど》義昭《よしあき》
発行者　小野寺優
発行所　株式会社河出書房新社
〒一五一－〇〇五一
東京都渋谷区千駄ヶ谷二－三二－二
電話〇三－三四〇四－八六一一（編集）
〇三－三四〇四－一二〇一（営業）
http://www.kawade.co.jp/

ロゴ・表紙デザイン　粟津潔
本文フォーマット　佐々木暁
本文組版　有限会社マーリンクレイン
印刷・製本　中央精版印刷株式会社

Printed in Japan ISBN978-4-309-41483-6

大坂の陣　豊臣氏を滅ぼしたのは誰か

相川司　41050-0

関ヶ原の戦いから十五年後、大坂の陣での真田幸村らの活躍も虚しく、大坂城で豊臣秀頼・淀殿母子は自害を遂げる。豊臣氏を滅ぼしたのは誰か？　戦国の総決算「豊臣 VS 徳川決戦」の真実！

龍馬を殺したのは誰か　幕末最大の謎を解く

相川司　40985-6

幕末最大のミステリというべき龍馬殺害事件に焦点を絞り、フィクションを排して、土佐藩関係者、京都見廻組、新選組隊士の証言などを徹底検証し、さまざまな角度から事件の真相に迫る歴史推理ドキュメント。

真田忍者、参上！

嵐山光三郎／池波正太郎／柴田錬三郎／田辺聖子／宮崎惇／山田風太郎　41417-1

ときは戦国、真田幸村旗下で暗躍したるは闇に生きる忍者たち！　猿飛佐助・霧隠才蔵ら十勇士から、名もなき忍びまで……池波正太郎・山田風太郎ら名手による傑作を集成した決定版真田忍者アンソロジー！

完本　聖徳太子はいなかった　古代日本史の謎を解く

石渡信一郎　40980-1

『上宮記』、釈迦三尊像光背銘、天寿国繡帳銘は後世の創作、遣隋使派遣もアメノタリシヒコ（蘇我馬子）と『隋書』は言う。『日本書紀』で聖徳太子を捏造したのは誰か。聖徳太子不在説の決定版。

天皇の国・賤民の国　両極のタブー

沖浦和光　40861-3

日本列島にやってきた諸民族の源流論と、先住民族を征圧したヤマト王朝の形成史という二つを軸に、日本単一民族論の虚妄性を批判しつつ、天皇制、賤民、芸能史、部落問題を横断的に考察する名著。

五代友厚

織田作之助　41433-1

ＮＨＫ朝の連ドラ「あさが来た」のヒロインの縁故者、薩摩藩の異色の開明派志士の生涯を描くオダサク異色の歴史小説。後年を描く「大阪の指導者」も収録する決定版。

江戸食べもの誌

興津要　41131-6

川柳、滑稽・艶笑文学、落語にあらわれた江戸人が愛してやまなかった代表的な食べものに関するうんちく話。四季折々の味覚にこめた江戸人の思いを今に伝える。

真田幸村

尾崎士郎　41424-9

傑作時代小説も多くものした『人生劇場』の作家の、時代小説決定版。真田十勇士たちとの関わりの中で、徳川の圧力に抵抗した幸村の正義と智謀の生涯を描く本格時代小説。

国技館　大相撲力士、土俵の内外

尾崎士郎　41425-6

相撲通で、横綱審議委員も長く務めた『人生劇場』の作家が、戦前戦後の交流のあった相撲取り、親方たち、角界の関係者の思い出を綴る、黄金時代のノンフィクション。

大化の改新

海音寺潮五郎　40901-6

五世紀末、雄略天皇没後の星川皇子の反乱から、壬申の乱に至る、古代史黄金の二百年を、聖徳太子、蘇我氏の隆盛、大化の改新を中心に描く歴史読み物。『日本書紀』を、徹底的にかつわかりやすく読み解く。

時代劇は死なず！　完全版

春日太一　41349-5

太秦の職人たちの技術と熱意、果敢な挑戦が「新選組血風録」「木枯し紋次郎」「座頭市」「必殺」ら数々の傑作を生んだ――多くの証言と秘話で綴る白熱の時代劇史。春日太一デビュー作、大幅増補・完全版。

文、花の生涯

楠戸義昭　41316-7

2015年NHK大河ドラマの主人公・文。兄吉田松陰、夫久坂玄瑞、後添え楫取素彦を中心に、維新回天の激動期をひとりの女がどう生き抜いたかを忠実に描く文庫オリジナル。

信長は本当に天才だったのか

工藤健策 40977-1

日本史上に輝く、軍事・政治の「天才」とされる信長。はたして実像は？　その生涯と事績を、最新の研究成果をもとに、桶狭間から本能寺の変まで徹底的に検証する。歴史の常識をくつがえす画期的信長論。

軍師　直江兼続

坂口安吾 他 40933-7

関ヶ原合戦の鍵を握った男の本懐。盟友石田三成との東西に分かれての挟撃作戦の実態は？　家康との腹の探り合いは？　戦後米沢藩の経営ぶりは？　作家たちが縦横に描くアンソロジー。

差別語とはなにか

塩見鮮一郎 40984-9

言語表現がなされる場においては、受け手に醸成される規範と、それを守るマスコミの規制を重視すべきである。そうした前提で、「差別語」に不快を感じる弱者の立場への配慮の重要性に目を覚ます。

弾左衛門とその時代

塩見鮮一郎 40887-3

幕藩体制下、関八州の被差別民の頭領として君臨し、下級刑吏による治安維持、死牛馬処理の運営を担った弾左衛門とその制度を解説。被差別身分から脱したが、職業特権も失った維新期の十三代弾左衛門を詳説。

賤民の場所　江戸の城と川

塩見鮮一郎 41052-4

徳川入府以前の江戸、四通する川の随所に城郭ができる。水運、馬事、監視などの面からも、そこは賤民の活躍する場所となる。浅草の渡来民から、太田道灌、弾左衛門まで。もう一つの江戸の実態。

部落史入門

塩見鮮一郎 41430-0

被差別部落の誕生から歴史を解説した的確な入門書は以外に少ない。過去の歴史的な先駆文献も検証しながら、もっとも適任の著者がわかりやすくまとめる名著。

貧民に墜ちた武士　乞胸という辻芸人

塩見鮮一郎　41239-9

徳川時代初期、戦国時代が終わって多くの武士が失職、辻芸人になった彼らは独自な被差別階級に墜ちた。その知られざる経緯と実態を初めて考察した画期的な書。

吉原という異界

塩見鮮一郎　41410-2

不夜城「吉原」遊廓の成立・変遷・実態をつぶさに研究した、画期的な書。非人頭の屋敷の横、江戸の片隅に囲われたアジールの歴史と民俗。徳川幕府の裏面史。著者の代表傑作。

小説 岩崎弥太郎　三菱を創った男

嶋岡晨　40989-4

幕末、土佐の郷士の家に生まれ、苦節の青春時代を乗り越え、三菱財閥の元になる海運業に覇を唱えた男の波瀾万丈の一代記。龍馬の夢はどう継がれたか。

闘将真田幸村　大坂の陣・真田丸の攻防

清水昇　41397-6

徳川家康に叛旗をひるがえした、信州の驍将真田幸村。その生い立ちから、関ヶ原、大坂の陣で家康になびかず大いに奮闘した、屈指の戦上手の、信念と不撓不屈の生涯。

決定版 日本剣客事典

杉田幸三　40931-3

戦国時代から幕末・明治にいたる日本の代表的な剣客二百十九人の剣の流儀・事跡を徹底解説。あなたが知りたいまずたいていの剣士は載っています。時代・歴史小説を読むのに必携のガイドブックでもあります。

二・二六事件

太平洋戦争研究会〔編〕　平塚柾緒　40782-1

昭和十一年二月二十六日、二十数名の帝国陸軍青年将校と彼らの思想に共鳴する民間人が、岡田啓介首相ら政府要人を襲撃、殺害したクーデター未遂事件の全貌！　空前の事件の全経過と歴史の謎を今解き明かす。

山本五十六の真実

太平洋戦争研究会〔編〕　平塚柾緒　41112-5

三国同盟に反対し、日米衝突回避に全力をあげた山本五十六。だが開戦やむなきに至り、連合艦隊司令長官として真珠湾奇襲を敢行する。苦悩のリーダーはどう行動し、いかに決断したか、その真実に迫る。

花鳥風月の日本史

高橋千劔破　41086-9

古来より、日本人は花鳥風月に象徴される美しく豊かな自然のもとで、歴史を築き文化を育んできた。文学や美術においても花鳥風月の心が宿り続けている。自然を通し、日本人の精神文化にせまる感動の名著！

藩と日本人　現代に生きる〈お国柄〉

武光誠　41348-8

加賀、薩摩、津軽や岡山、庄内などの例から、大小さまざまな藩による支配がどのようにして〈お国柄〉を生むことになったのか、藩単位の多様な文化のルーツを歴史の流れの中で考察する。

維新風雲回顧録　最後の志士が語る

田中光顕　41031-9

吉田東洋暗殺犯のひとり那須信吾の甥。土佐勤皇党に加盟の後脱藩、長州に依り、中岡慎太郎の陸援隊を引き継ぐ。国事に奔走し、高野山義挙に参加、維新の舞台裏をつぶさに語った一級史料。

東京震災記

田山花袋　41100-2

一九二三年九月一日、関東大震災。地震直後の東京の街を歩き回り、被災の実態を事細かに刻んだルポルタージュ。その時、東京はどうだったのか。歴史から学び、備えるための記録と記憶。

伊能忠敬　日本を測量した男

童門冬二　41277-1

緯度一度の正確な長さを知りたい。55歳、すでに家督を譲った隠居後に、奥州・蝦夷地への測量の旅に向かう。艱難辛苦にも屈せず、初めて日本の正確な地図を作成した晩熟の男の生涯を描く歴史小説。

軍師　黒田如水

童門冬二　41252-8

天下分け目の大合戦、戦国一の切れ者、軍師官兵衛はどう出るか。信長、秀吉、家康の天下人に仕え、出来すぎる能力を警戒されながらも強靭な生命力と独自の才幹で危機の時代生き抜いた最強のNo.2の生涯。

吉田松陰

古川薫　41320-4

2015年NHK大河ドラマは「花燃ゆ」。その主人公・文の兄が、維新の革命家吉田松陰。彼女が慕った実践の人、「至誠の詩人」の魂を描き尽くす傑作小説。

新選組全隊士徹底ガイド　424人のプロフィール

前田政紀　40708-1

新選組にはどんな人がいたのか。大幹部、十人の組長、監察、勘定方、伍長、そして判明するすべての平隊士まで、動乱の時代、王城の都の治安維持につとめた彼らの素顔を追う。隊士たちの生き方・死に方。

岡倉天心

松本清張　41185-9

岡倉天心生誕一五〇年・没後一〇〇年・五浦六角堂再建！　数々の奇行と修羅場、その裏にあった人間と美術への愛。清張自ら天心の足跡をたどり新資料を発掘し、精緻に描いた異色の評伝。解説・山田有策。

軍師の境遇

松本清張　41235-1

信長死去を受け、急ぎ中国大返しを演出した軍師・黒田官兵衛。だが、その余りに卓越した才ゆえに秀吉から警戒と疑惑が身にふりかかる皮肉な運命を描く名著。2014年大河ドラマ「軍師官兵衛」の世界。

信玄軍記

松本清張　40862-0

海ノ口城攻めで初陣を飾った信玄は、父信虎を追放し、諏訪頼重を滅ぼし、甲斐を平定する。村上義清との抗争、宿命の敵上杉謙信との川中島の決戦……。「風林火山」の旗の下、中原を目指した英雄を活写する。